ULLSTEIN

Das Buch

Marias Selbstmord hat sie erschüttert. Doch hatte sie wirklich alleine auf der Zinne gestanden? Oder war ihr Sprung in den Tod die Flucht vor einem noch schrecklicheren Verfolger gewesen? Vom offenbar wahnsinnigen Carl mit der Pistole in Schach gehalten, wird Frank, Judith und Ellen klar, dass sie zusammenspielen müssen, um diese Nacht auf Burg Crailsfelden zu überleben. Angesichts der grauenvollen Entdeckungen im Kellergewölbe fällt es ihnen nicht leicht, die Nerven zu behalten. Und obendrein verstärkt sich bei Frank mit jedem Schritt das Gefühl, an einen vertrauten Ort zurückzukehren – einen Ort unermesslichen Leids …

Der Autor

Wolfgang Hohlbein, 1953 in Weimar geboren, zählt zu Deutschlands erfolgreichsten Autoren phantastischer Unterhaltung. Seine Bücher haben inzwischen eine Gesamtauflage von über acht Millionen erreicht.

Von Wolfgang Hohlbein sind in unserem Hause bereits erschienen:

Die Chronik der Unsterblichen 1. Am Abgrund
Die Chronik der Unsterblichen 2. Der Vampyr
Die Chronik der Unsterblichen 3. Der Todesstoß
Die Chronik der Unsterblichen 4. Der Untergang
Die Chronik der Unsterblichen 5. Die Wiederkehr
Nemesis – Band 1: Die Zeit vor Mitternacht
Nemesis – Band 2: Geisterstunde
Nemesis – Band 3: Alptraumzeit
Nemesis – Band 4: In dunkelster Nacht

Wolfgang Hohlbein

Nemesis

Band 5:
Die Stunde des Wolfs

Roman

Ullstein

Besuchen Sie uns im Internet:
www.ullstein-taschenbuch.de

Umwelthinweis:
Dieses Buch wurde auf chlor- und
säurefreiem Papier gedruckt.

Ullstein ist ein Verlag der Ullstein Buchverlage GmbH, Berlin.
Originalausgabe
1. Auflage Dezember 2004

Redaktion: Edigna Hackelsberger
Umschlaggestaltung: Thomas Jarzina, Köln
Titelabbildung: Die Artillerie
Gesetzt aus der Stempel Garamond
Satz: Pinkuin Satz und Datentechnik, Berlin
Druck und Bindearbeiten: Ebner & Spiegel, Ulm
Printed in Germany
ISBN 3-548-25973-1

»In Anbetracht der Tatsache, wie ihr euch hier aufführt, lasse ich euch den Vortritt.«

Carl hatte uns mit der kleinen Pistole in der Hand vor sich her durch die Dunkelheit über den Hof gescheucht und wedelte nun, als wir das kleine Lehrerhaus erreicht hatten, mit dem Handscheinwerfer in Richtung der steinernen Stufen, die auf den Eingang zuführten. Nicht nur seiner Gestik, sondern auch dem Klang seiner Stimme ließ sich unschwer entnehmen, dass er tief in seinem Inneren nicht halb so cool und gelassen war, wie er sich zu geben bemühte. Ein leichtes Beben hatte sich in seine Silben geschlichen und auch sein hektisches Herumfuchteln mit der Lampe diente wohl eher dazu, das Zittern seiner Hände zu übertünchen, als uns tatsächlich den Weg zu weisen.

Ich könnte ihn überwältigen, dachte ich bei mir, er war nervös und damit angreifbar, und nicht zuletzt hatte ich ohnehin noch eine Rechnung mit ihm offen. Ich tastete vorsichtig mit den Fingerspitzen nach der mächtigen Beule an meinem Hinterkopf, was umgehend mit einem stechenden, pulsierenden Schmerz quittiert wurde. Dieser aufgeschwemmte, hässliche Kerl hatte noch mindestens eine Gehirnerschütterung bei mir gut, wenn nicht gleich einen Schädelbasisbruch. Er hatte mich niedergeschlagen und verletzt, aber schlimmer noch als die Schwellung an meinem Hinterkopf schmerzte der tiefe Kratzer, den mein Ego aus meiner peinlichen Niederlage davongetragen hatte.

Carl war nicht der Erste, der in meinem Leben auf mich eingedroschen hatte; in meiner späteren Jugend hatte ich mich nahezu an das Gefühl geballter Fäuste in meinem Gesicht gewöhnt. Ich hatte einfach ein unglaubliches Talent darin, mir aus Unbedachtheit und Dummheit Ärger einzufahren; und um überflüssige Wunden zu vermeiden, hatte ich nie ernsthaft versucht, mich gegen meine Kontrahenten, die in der Regel ohnehin größer und stärker gewesen waren als ich (zumindest aber in deutlicher Überzahl) zu wehren. Schließlich hätte ich letztlich ohnehin verloren – jede Gegenwehr hätte die Angelegenheit nach meiner Überzeugung nur in unnötige und qualvolle Länge gezogen oder meine Gegenspieler zusätzlich provoziert. So hatte ich es in solchen Situationen immerzu vorgezogen, jeden Hieb geduldig einzustecken und auszuharren, bis alles wieder vorbei war. Aber ich war auch noch nie so verzweifelt gewesen wie in dieser Nacht. Und ich war nie gezwungen gewesen, mich vor einer Frau zu schlagen, die ich liebte. Nun saßen Wut, Enttäuschung und Scham unendlich tief.

Aber ich fiel nicht über Carl her, sondern griff nach Judiths Hand und zog sie gehorsam mit mir die Stufen zum Eingang hinauf, um den dahinter liegenden, stockfinsteren Korridor zu betreten. Der Wirt hatte kein Recht, uns so zu behandeln, und seine Nervosität beruhte vielleicht nicht einzig auf dem Umstand, dass wir in den vergangenen Stunden mit dem Tod dreier Menschen konfrontiert worden waren (vierer, wenn man das plötzliche, aber natürliche Ableben des jungen Rechtsanwalts miteinberechnete; aber nach den beiden schrecklichen Morden und Marias freiwilligem Sprung von den Zinnen hatte die Erinnerung an den Tod des Mannes in Carls Gaststätte deutlich an Schrecken eingebüßt, obgleich es die erste Leiche gewesen war, die ich in meinem Leben hatte sehen müssen). Niemand von uns konnte wissen, was uns in dieser Nacht noch alles widerfahren würde, und vielleicht plagte den Wirt ja auch sein Gewissen, weil er sich über sein Unrecht völlig im Klaren sein musste.

Doch auch ich war nicht gerade in der besten körperlichen Verfassung für einen Kampf seit meiner Blinddarmoperation vor zwölf Jahren, und außerdem hatte der Althippie zumindest ein enorm überzeugendes Argument dafür, das Kommando über uns übernehmen zu dürfen: einen handlichen Metallbeschleuniger Kaliber 38, den er in der rechten Hand hielt, nämlich.

Carl trat nach Ellen, Judith und mir über die Schwelle und leuchtete mit dem Strahl der Lampe an der hölzernen, alten Treppe, die zum Obergeschoss mit dem Rektorat hinaufführte, vorbei, und ich stellte ohne sonderliche Überraschung fest, dass es eine kleine Nische zur rechten Seite des unteren Treppenabsatzes gab, in deren linke Seite eine schmale Holztür eingelassen war.

Obwohl ich mich nicht zu Ellen herumdrehte, konnte ich ihren skeptischen Blick fast körperlich in meinem Nacken spüren. Ich hatte niemandem erzählt, dass es auch von hier aus einen Zugang zum Keller gab, obwohl es meine Aufgabe gewesen war, das Lehrerhaus nach einem möglichen zweiten Ausgang abzusuchen, und dabei wäre es nahe liegend gewesen, zuerst im Keller nachzusehen. Aber ich hatte es nicht getan, hatte nicht einmal überprüft, ob es einen Weg in die Tiefe gab, sondern war zielstrebig ins Obergeschoss hinaufgegangen. Warum, konnte ich mir selbst nicht mehr erklären. Meine Beine hatten mich nahezu ohne mein Zutun ins Rektorat hinaufgetragen, ohne nach einem Wieso zu fragen. Aber jetzt, da wir uns der Kellertür näherten, war ich mir nicht mehr sicher, ob ich das Gefühl gehabt hatte, dass es *richtig* war, nach oben zu gehen, oder vielleicht viel mehr, dass es *falsch* war, mich nach unten zu begeben. Mit jedem Schritt, den der Wirt uns auf die Kellertür zutrieb, wuchs ein ungutes, neuerliche Übelkeit erregendes Gefühl in meinem Magen heran und ich spürte, wie sich kleine Schweißperlchen hinter meinen Ohren sammelten. Du darfst es nicht, schoss es mir aus irgendeinem Grunde plötzlich durch den Kopf, du weißt, dass es verboten ist, du kennst deine Strafe.

Carl bedeutete Judith ungeduldig, die Tür zu öffnen. Einige Augenblicke lang stocherte er mit dem Lichtstrahl in der Dunkelheit des Treppenschachtes herum, welche uns dahinter empfing, dann verpasste er mir mit der kleinen Pistole einen leichten Stoß zwischen die Schulterblätter, der zwar nicht besonders schmerzhaft war, mich aber um ein Haar die staubigen, viel zu schmalen Stufen hätte hinabsegeln lassen, hätte Judith nicht geistesgegenwärtig ihren Griff um meine Hand verstärkt und mich zurückgezogen.

»Verdammt!«, fluchte ich eher erschrocken als wirklich wütend, obwohl ich nun erst recht allen Grund zum Ärger gehabt hätte. Mein Unwohlsein steigerte sich in eine Art irrationaler Angst, als ich unfreiwillig den ersten Schritt über die Schwelle setzte. Ich wusste nicht, was dort unten auf uns wartete, aber ich wusste mit hundertprozentiger Sicherheit, dass ich es überhaupt nicht wissen wollte, weil es nichts Gutes sein würde – ganz und gar nichts Gutes ... In einer ärgerlichen Bewegung wirbelte ich zu dem Langhaarigen herum. »Willst du, dass wir uns alle den Hals brechen!«, schnappte ich.

»Ich will vor allem, dass ihr ein bisschen spurt«, antwortete der Wirt trocken und nickte auffordernd Richtung Treppe. »Alles andere ist im Moment nebensächlich. Ich habe etliche Jahrzehnte auf diesen Augenblick gewartet und will nicht noch mehr unnötige Zeit verplempern.«

»Auf diesen Augenblick?«, fragte Judith spöttisch und riskierte, die Nase rümpfend, einen Blick die staubigen, schmalen Holzstufen hinab. Dann zuckte sie herablassend mit den Schultern. »Gut – der eine freut sich sein halbes Leben lang auf sein

Ja vor dem Altar und der andere eben darauf, in einen heruntergekommenen Keller hinabzusteigen … Menschen sind sehr unterschiedlich.«

Ich folgte ihrem Blick und konnte zwar nicht besonders viel erkennen, stellte aber zumindest fest, dass die Stufen allesamt verzogen und morsch wirkten. Besorgt fragte ich mich, ob sie unser Gewicht überhaupt noch zu tragen vermochten oder ob sie gleich unter uns nachgeben würden, sobald wir unsere Füße darauf setzten, sodass wir eine schmerzhafte Schlitterpartie in den dunklen Keller hinab unternehmen würden. Ein schwacher Geruch von Steinstaub und Zement schlug uns entgegen; wahrscheinlich war es der Staub des Einsturzes, den wir während unserer verzweifelten Grabungen in der vagen Hoffnung, einen zweiten Ausgang zu finden, ausgelöst hatten (den *ich* ausgelöst hatte, verdammt noch mal – ich sollte endlich damit anfangen, ehrlich mir selbst gegenüber zu sein).

Aber das war nicht alles, was meine sensible Nase wahrnahm: Da war noch etwas anderes, etwas noch Unwesentlicheres, nichtsdestotrotz aber durchaus Penetrantes … Moder, glaubte ich im ersten Augenblick. Vielleicht sogar Verwesung?

Ich beschloss, mich nicht zu lange darauf zu konzentrieren, ehe der rätselhafte Geruch mich noch unsicherer machen konnte, als ich ohnehin schon war. Schließlich zitterten meine Knie mit jeder Sekunde, die ich mich am oberen Ende dieser Treppe befand, ein wenig mehr, und ich hatte bereits jetzt alle Mühe, dieses Zittern auf die Waffe in Carls Hand und meine schlechte Verfassung zu schieben und mir nicht in den schillerndsten Farben auszumalen, welcherlei verwesende organische Verbindungen für den leicht süßlichen Geruch verantwortlich waren, den ich mir wahrscheinlich sowieso nur einbildete. Ich durfte mich nicht auf meine langsam mit mir durchgehende Fantasie und sonstige emotionale Kapriolen einlassen, die letztlich wahrscheinlich nichts anderes waren als einer von vielen Auswüchsen akuter Überforderung, der ich wie alle anderen hier ausgesetzt war. Wenn mein Hirn noch so etwas wie Verstand beherbergte, dann musste ich alles daran setzen, diesen am entnervten Packen seiner Koffer und am endgültigen Auszug aus meinem Schädel zu hindern, indem ich allen Irrwitz, der lärmend versuchte Einzug in meinen Kopf zu halten, entschieden an der Schwelle bremste. Da war nichts. Ein Hauch von Moder vielleicht, der mit Sicherheit nichts Ungewöhnliches in einem alten Burgkeller darstellte; wahrscheinlich waren es nur die morschen Stufen, die ein wenig seltsam rochen, mit Sicherheit aber war es nichts Besorgniserregendes.

Ich tastete nach dem alten, schwarzen Drehschalter, der an der Wand des Treppenhauses zu meiner Rechten angebracht war, und drehte ihn. Ein unangenehmes Knirschen erklang, aber natürlich flammte kein Licht unter der auch im unteren Treppenhaus holzvertäfelten Decke auf. Ich schalt mich einen Narren, überhaupt nach dem Schalter getastet zu haben, denn ich hätte es wirklich besser wissen müssen. Ich konnte nicht erwarten, dass alles auf einmal wieder war wie früher.

»Erst der Schatz, dann die Frau«, gab Carl an Judith gewandt mit dem anzüglichen Grinsen zurück, das mich an ihm mindestens so sehr anekelte wie die Krampfadern zwischen seinen Schenkeln. »Vielleicht stöhnst du ja in unserer Hochzeitsnacht zur Abwechslung mal für mich? Geld wirkt manchmal wahre Wunder. Und jetzt vorwärts«, schloss er mit einer neuerlichen, scheuchenden Bewegung mit der Achtunddreißiger in seiner Rechten, »schlag hier keine Wurzeln, Püppchen.«

Fast wäre ich ihm dankbar gewesen für sein anstößiges, unverschämtes Verhalten, denn es hatte den Vorteil, dass es zumindest für einen kleinen Augenblick mein unterschwelliges Unbehagen durch neuerliche handfeste Wut, fast schon wieder Hass, ersetzte. Es war unglaublich, was man sich alles erlauben konnte, obwohl man zwanzig Kilo Übergewicht und fettige Haare hatte, sobald man nur eine lebensbedrohliche Waffe in den Händen hielt. Aber irgendwann würde er die Luger ablegen müssen, er würde nicht sein Leben lang damit herumlaufen können. In mancher Hinsicht hatte ich ein ausgesprochen gutes Gedächtnis, und der dicke Wirt würde für jede Beleidigung, mit der er meine kleine Judith bedachte, fünffach und schmerzhaft zahlen – zusätzlich der Rechnungen, die er und ich ohnehin noch miteinander offen hatten.

Judith spürte meine Anspannung und zog mich fast eilig mit sich die Stufen hinab. »Dieses Arschloch«, zischte sie mir zu, als wir ein paar Schritte Vorsprung gewonnen hatten. »Wünschtest du dir nicht auch, er wäre tot?«

Ohne im Laufen innezuhalten, maß ich sie mit einem verblüfften Blick von der Seite. Sie hatte ein gutes Recht, wütend auf Carl zu sein, mehr noch als ich in diesen Sekunden, denn schließlich hatte er sie direkt verbal angegriffen, nicht mich. Aber das Ausmaß ihres Zornes erstaunte mich trotzdem. Ich hatte registriert, dass jeder von uns in diesen finsteren Gemäuern bereits einige beachtliche charakterliche Schwächen offenbart hatte und dass wir alle unter der seltsamen, durch und durch negativen Atmosphäre zwischen den kalten Steinquadern, aus denen die Mauern zusammengesetzt waren, litten. Sicher waren wir deshalb aggressiver und reizbarer, als wir uns selbst in unserem ganzen Leben außerhalb dieser verwunschenen Burg je erlebt hatten. Aber wenn es jemanden gab, der sich trotz allem bislang relativ unter Kontrolle gehabt hatte, zumindest was die Aggressionen anbelangte, die in unregelmäßigen Abständen von jedem von uns Besitz ergriffen, dann war es Judith. Und obwohl ich mir tatsächlich wünschte, dass Carl einfach tot umkippen und zum Ausweiden bereit zu unseren Füßen liegen bleiben würde, tat es mir fast weh, Judith so reden zu hören. Sie war die Vernunft unter uns, sie war mein ganz persönlicher Ruhepol, daran konnte auch der eine oder andere Schlagabtausch zwischen Ellen und ihr nichts ändern. Sie konnte sich herzhaft aufregen, aber ich hätte nicht gedacht, dass auch sie in der Lage wäre, fast schon so etwas wie Mordlust zu empfinden. Nun aber schien es mir, als meinte sie durchaus ernst, was sie sagte. Sie sollte an sich halten, dachte ich, sie sollte ihre Sanftmut bewahren, denn sie hatte es nicht nötig, über Rache, Mord und Totschlag nachzusinnen – sie hatte doch mich. Ich würde auf sie aufpassen, und wenn ihr dennoch etwas zuleide getan wurde, und sei es nur auf der Ebene, auf der der Wirt sie attackiert hatte, würde ich es nicht ungesühnt lassen. Es reichte völlig aus, wenn einer von uns zweien sein Gewissen opferte, und für sie würde ich meines gerne hergeben.

»Warum ist nur Maria tot, und dieses dicke Schwein lebt?«, setzte sie leise nach, und ich glaubte fast so etwas wie Herausforderung in dem kurzen Blick, den sie mir über die Schulter hinweg zuwarf, zu erkennen. »Ich wünschte, *er* hätte sich mit dieser Knarre eine Kugel durch den Kopf gejagt!«

Ich sah kurz zu Carl zurück – eigentlich nur, um mich zu vergewissern, dass er ihre Worte nicht verstanden hatte. Aber die halbe Sekunde, in der ich nur seine Konturen hinter dem grellen Strahl des Scheinwerfers in seiner Hand ausmachte, genügte, um festzustellen, dass Judiths Sprüche genauso gut von mir selbst hätten kommen können, weil auch ich tatsächlich einen erschreckenden Drang verspürte, dem aufgeschwemmten alten Hippie an den Hals zu springen und ihm kurzerhand das Genick zu brechen. Vor meinem inneren Auge konnte ich bereits sehen, wie ich es tat – die Mundwinkel zu einem sadistischen Lächeln verzogen und mit einem befriedigten Glanz in den Augen –, und während die letzten der morschen Stufen unter meinen Füßen knarrten, drängte sich mir unaufhaltsam die brennend interessante Frage auf, ob sich zersplitternde Halswirbel wohl ähnlich anhören mochten wie nachgebendes Holz.

Ich wischte die Vorstellung mit einem nicht unerheblichen Aufwand an Selbstbeherrschung beiseite und dachte an Maria, wie sie oben auf den Zinnen des Turmes gestanden hatte, und zugleich auch an diesen mysteriösen Schatten, der nach ihr hatte greifen wollen. Er war da gewesen, daran bestand kein Zweifel. Ich hatte sein Gesicht nicht erkannt, aber ich war mir vollkommen sicher, dass die Journalistin nicht allein dort oben auf dem obersten Plateau gestanden hatte. Wer war das gewesen? Warum hatte er versucht, sie zu ergreifen, und wo war er nun? Ich hatte keine Ahnung, aber Maria musste es gewusst haben. Sie hatte lieber den Freitod gewählt, als sich ihm auszuliefern, sie hatte sich selbst erschossen, zum Teufel noch mal! Der grausige Anblick ihres schier endlosen Sturzes in den Hof hinab lief erneut wie ein Film vor meinen Augen ab, als betrachtete ich die ganze Szene in diesen Sekunden erneut und aus zig verschiedenen Kameraperspektiven auf einer Videowand in der Dunkelheit vor mir, die nur von einem schmalen Lichtkegel durchbrochen wurde. Ob sie noch gelebt hatte, als sie gestürzt war? Fast glaubte ich, den Ausdruck auf ihrem

Gesicht zu erkennen, ehe sie auf dem Kopfsteinpflaster aufschlug. Unsagbare Furcht, *Todesangst*, die Gewissheit, sterben zu müssen, aber vielleicht auch Erleichterung, diesem Jemand oder diesem Etwas nicht in die Hände gefallen zu sein, weil alles, was sie nach dem Tod erwarten mochte, nur angenehmer sein konnte als das, was er ihr angetan hätte, hätte er sie erwischt. Wer hatte sie bloß verfolgt?

»Was tuschelt ihr da vorne?« Carl richtete den Strahl der Taschenlampe direkt auf Judith und mich und fuchtelte drohend mit dem Lauf der Pistole in unsere Richtung.

Judith hatte Recht. Maria hatte uns belogen und sie war weiß Gott nicht die Sympathie in Person gewesen. Die vermeintliche Bibliothekarin hatte es geschafft, Ellen schnell von ihrem Vorzugsplatz auf meiner ganz persönlichen Abschussliste zu verdrängen – aber das war nur metaphorisch gemeint. Carl hingegen, dieser widerliche fette Drecksack, hatte den Tod tatsächlich verdient. Er, dieser sinnlose Statist des Welttheaters, der uns noch viel mehr belogen hatte als die Journalistin, er, der keine Gelegenheit ausgelassen hatte, um Zwietracht zu säen, der meine kleine Judith beleidigt und mich zusammengeschlagen hatte und der uns, seit er dank der Schusswaffe in seiner Hand dazu befähigt war, wie Sklaven durch diese gottlose Burg scheuchte, er, der möglicherweise schon Stefan und Cowboystiefel-Eduard auf dem Gewissen hatte und vielleicht auch uns nun in unser Verderben trieb – Carl war derjenige, der längst hätte sterben sollen. Einen Moment lang war ich drauf und dran, auf ihn zuzustürmen und, achtunddreißig Kaliber hin oder her, einfach zu tun, was ich am liebsten getan hätte – nämlich ihn mit reiner Muskelkraft in Stücke zu reißen. Ich fragte mich, ob er tatsächlich schießen würde, und wenn er es tat, ob er in der Finsternis überhaupt treffen würde.

Tatsächlich wirbelte ich ein weiteres Mal zu ihm herum, aber in dieser Sekunde huschte der Lichtstrahl der Taschenlampe über die unterste Treppenstufe, die ich gerade zurückgelegt hatte, und ich verharrte mit angehaltenem Atem. Ich hatte in der heutigen Nacht genug Blut gesehen, um solches auch binnen weniger Sekundenbruchteile und bei schlechtem Licht als solches auszumachen – und prompt erspähte ich solches nun auf den hölzernen Stufen, eindeutig!

Erschrocken ließ ich mich in die Hocke sinken und streckte die Fingerspitzen nach dem auch in der Dunkelheit feucht schimmernden Fleck aus, um auch den allerletzten möglichen Zweifel, ob es sich um eine Blutspur handelte, wenn nicht für mich, dann zumindest für Ellen und Judith aus dem Weg zu räumen. Aber noch ehe meine Hände sich dem größten, gut fünf Zentimeter durchmessenden Fleck genähert hatten, ertönte Carls Stimme erneut. Auf einmal hatte sie einen fast hysterischen Klang angenommen, und ich hörte, wie er mit einem Fuß so brutal auf eine der altersschwachen Stufen stampfte, um sich Aufmerksamkeit zu verschaffen, dass ich hoffte, sie würde unter ihm nachgeben und so dafür sorgen, dass er stürzte und sich aus eigenem Ungeschick den Hals brach.

»He!«, brüllte der Wirt mit schriller Stimme. Ich wusste nicht, wie er meine Geste gedeutet hatte, aber allem Anschein nach deutete er sie falsch oder aber er schloss lediglich daraus, dass ich *irgendeine* nicht von ihm vorgegebene Bewegung machte und fürchtete um die Autorität, die er sich auf unfairste Weise angeeignet hatte, indem er Marias Pistole an sich genommen hatte. »Steh auf und geh weiter, Junge! Steh auf, oder du kommst in diesem Leben nie wieder dazu, hast du verstanden?«

Er wollte nicht schießen, schloss ich aus seinem Verhalten. Hätte er es gewollt, hätte er den erstbesten Vorwand dazu begrüßt, aber nun, da es aus seiner Perspektive vielleicht darauf ankam, von der Waffe Gebrauch zu machen, fürchtete er sich davor. Ich tastete unbeirrt nach dem roten Fleck, betrachtete im Lichtkegel der Lampe, die der Wirt nun wieder direkt auf mich richtete, meine Fingerspitzen, an denen wie befürchtet feuchtes, dickes Blut haften geblieben war, und hielt sie bedeutungsvoll in Judiths Richtung. Ihre Augen weiteten sich erschrocken.

Carl machte einen Satz nach vorne, ergriff vorwarnungslos Ellen von hinten an ihrem schlanken, blassen Hals, zerrte die Ärztin, die zu erschrocken war, um auch nur zu schreien, brutal vor seine schwabbelige Bierwampe und drückte ihr grob den Lauf der Pistole an die Schläfe. Die

Taschenlampe kullerte polternd die restlichen Stufen hinab.

»Keiner bewegt sich!« Der Wirt schrie fast. Ellen zuckte deutlich sichtbar zusammen. Sie wehrte sich nicht, und es waren wohl eher der Schrecken und die Angst, die ihr deutlich ins Gesicht geschrieben standen und sie daran hinderten, zu schreien oder auch nur zu protestieren, als Carls sicherlich schmerzhafter, aber nicht besonders geschickter Griff um ihren Hals. Ihr Gesicht zeichnete sich aschfahl in der Dunkelheit ab.

»Hör auf mit dem Mist, Carl.« Judith bemühte sich um einen schlichtenden Tonfall, konnte aber ihren eigenen Schrecken und auch eine Spur von Gereiztheit angesichts der übertriebenen Reaktion des Wirtes nicht ganz aus ihrer Stimme verbannen. »Es besteht kein Grund zur Panik, okay? Niemand versucht hier –«

»Halt dein Maul!« Carl verlagerte seinen Griff um Ellens Nacken hinauf in ihre Haare, zerrte ihren Kopf mit einem heftigen Ruck, der die Ärztin vor Schmerz aufstöhnen ließ, in den Nacken und presste ihr den Lauf der kleinen Pistole hart gegen die Kehle. Dann wandte er sich mir zu. »Aufstehen!«, brüllte er. »Steh auf, dreh dich um und geh weiter! Und keine weiteren dummen Faxen, verstanden!«

»Die Lampe«, wandte ich ruhig ein, stand aber gehorsam auf und deutete mit einer bewusst langsamen Bewegung auf den Handscheinwerfer, der auf dem harten Steinboden nur einen Schritt von Judith und mir entfernt zum Liegen gekommen war. »Da klebt Blut, Carl. Das ist alles. Ich wollte euch nur zeigen, dass dort Blut auf den Stufen klebt.«

Einen kleinen Moment lang blickte mich der Wirt unschlüssig an, doch dann gewannen wieder Wut und Verunsicherung die Oberhand. »Verarschen kann ich mich selber!« Er riss Ellen ein weiteres Mal grob an den Haaren und hielt die Pistole drohend in meine Richtung. »Beweg dich! Rechts runter, aber schnell!«

»Verdammt, was sollte ich denn machen?«, fuhr ich Carl entnervt an und deutete verärgert nacheinander auf die Treppenstufen und den Handscheinwerfer. »Dir die Stufen unter den Füßen wegziehen? Oder mit der Taschenlampe auf dich einschlagen und in Kauf nehmen, dass du Ellen erschießt, bevor ich dich ein einziges Mal damit getroffen habe? Glaub mir, ich werde dich umbringen, sobald sich eine passende Gelegenheit dazu bietet, aber im Augenblick bist du bewaffnet! Also lass sie los und sieh dir das da an, okay? Niemand würde auf die Idee kommen, sich dir zu widersetzen, so lange du in der Lage bist, jeden von uns mit einer Kugel niederzustrecken.«

Volltreffer, stellte ich mit einem Anflug von Stolz über das psychologische Geschick, das ich heute zu meinem eigenen Erstaunen bereits zum zweiten Mal bewies, fest, noch bevor ich zu Ende gesprochen hatte. Der Ärger in Carls Zügen blieb, aber die Unsicherheit, die ihn gerade so unberechenbar und gefährlich gemacht hatte, verschwand. Ich wusste sofort, dass ich ausgesprochen hatte, was er hatte hören müssen, damit er nicht das Gefühl bekam, die totale Kontrolle über die Situation zu verlieren, die anscheinend ungemein wichtig für ihn war. Ich sah, wie sich sein Griff um Ellens feuerrote Haarbüschel lockerte und wie sich die Muskeln in dem Arm, mit dem er die Waffe auf mich gerichtet hielt, entspannten.

»Heb die Lampe auf«, forderte er Ellen auf und stieß sie ein Stück von sich weg. »Heb sie auf und leuchte die Treppe ab. Niemand anderes bewegt sich von der Stelle, verstanden?«

»Verstanden«, flüsterte Ellen tonlos, ein wenig hechelnd und außerdem so leise, dass ich das Wort eher von ihren Lippen ablas, als dass ich es wirklich hörte. Sie trat mit deutlich zitternden Knien und in leicht schwankendem Gang an mir vorbei und bückte sich nach der Taschenlampe, wobei sie auf ihren Pfennigabsätzen so sehr wankte, dass ich befürchtete, sie könnte vornüberkippen. Nur mit Mühe konnte ich den Reflex unterdrücken, nach ihr zu greifen, um sie festzuhalten, was sicherlich einen erneuten Ausbruch des Wirtes zur Folge gehabt hätte. Dann leuchtete sie mit dem Scheinwerfer langsam und systematisch von unten nach oben und von rechts nach links die hölzernen Stufen ab.

Das Blut, das ich auf der untersten Stufe entdeckt hatte, war nicht das einzige, das auf der Treppe klebte. In fast gleichmäßigen Abständen hafteten auf jeder zweiten Stufe kleine, noch nicht eingetrocknete und demnach offenbar frische Flecken in fast identischer Anordnung, ganz so, als hätte derjenige, der sie hinterlassen hatte, die Treppe seiner Verletzung zum Trotz in sehr gleichmäßigem Tempo zurückgelegt.

»Bist du sicher, dass Maria tot ist?«, fragte ich leise, ohne einen speziellen Adressaten für meine Frage mit einem Blick bestimmt zu haben. »Ich habe sie nicht auf dem Burghof liegen sehen.«

»Hast du nicht gesehen, was passiert ist?« Carl schnaubte verächtlich. »Sie hat sich eine Kugel durch den Kopf geschossen, und als ob ihr das noch nicht genug gewesen wäre, hat sie sich auch noch so auf die Zinnen gestellt, dass sie danach zwanzig Meter tief auf einen kopfsteingepflasterten Burghof gefallen ist. Sie ist mausetot.«

Natürlich war sie das, bestätigte ich im Stillen. Ich hatte es gesehen, und das vielleicht deutlicher als alle anderen hier. Aber irgendwie musste das Blut hierher gekommen sein, und außerdem hoffte ich insgeheim auf einen Vorwand, diesen Keller, der mich nach wie vor aus irgendeinem Grunde abschreckte, sogar regelrecht beängstigte, schnell wieder verlassen zu können. Und vielleicht bot sich draußen auf dem weitläufigen Hof eine Gelegenheit, Carl zu überwältigen, vielleicht sogar mehr ...

»Dann können wir ja einen kurzen Blick auf den Burghof werfen«, beharrte ich deshalb, verfluchte mich gedanklich aber bereits dafür, noch bevor der Unwillen in Carls Blick sich neuerlich in Unsicherheit wandelte, weil er den Hinterhalt, den ich tatsächlich ganz beiläufig plante, ahnte.

Keine Frage: Ich war befähigt, ein gewisses psychologisches Geschick an den Tag zu legen. Doch das setzte voraus, dass ich von meinem Kopf Gebrauch machte, und ich glaube, ich habe schon des Öfteren erwähnt, dass ich mich manchmal einfach wie ein gottverdammter Vollidiot verhalte.

»Ich habe sie gesehen, Frank. Erspar dir das.« Ich bedachte Judith mit einem zweifelnden, aber auch dankbaren Blick, da sie mit dem, was wohl eine Lüge war, die neuerlich angespannte Situation wieder zu entschärfen versuchte. »Das war kein schöner Anblick«, behauptete sie kopfschüttelnd und zuckte betont lässig mit den Schultern. »Überhaupt sollten wir uns nicht zu sehr den Kopf über den Verbleib der Toten zerbrechen, sondern uns eher darum kümmern, hier herauszukommen, ehe wir auch zu ihnen gehören.«

»Zuerst suchen wir den Schatz.« Carl nahm Ellen den Scheinwerfer wieder ab und deutete mit der Linken nach rechts, ohne die Waffe, die er noch immer auf mich gerichtet hielt, einen einzigen Millimeter von ihrem imaginären Zielpunkt zwischen meinen Augenbrauen zu bewegen. »Vorwärts!«

»Erinnerst du dich noch an die Friedenstaube auf deinem Jeep?«, fragte ich, während ich mich umdrehte und Seite an Seite mit Judith durch den dunklen Flur, der an den unteren Treppenabsatz angrenzte, tastete. Warum konnte ich eigentlich nicht einfach meine verfluchte Klappe halten? Ich sollte lieber geduldig parieren und im Stillen einen günstigen Augenblick abwarten, in dem ich dem

Wirt die Waffe entreißen konnte. Er wollte nicht schießen, das hatte ich gemerkt. Aber ich war sicher, dass er es trotzdem tun würde, wenn er sich zu sehr in die Enge getrieben fühlte.

»Da siehst du mal, wie sehr einen schlechte Gesellschaft verändern kann«, gab Carl schnaubend zurück. Ich biss mir auf die Zunge, um nicht mit einem treffend angebrachten Spruch zu kontern, ihn damit weiter zu provozieren und uns alle einer unnötigen Gefahr auszuliefern.

Im unsteten Licht der Taschenlampe tasteten wir uns durch die zunehmend staubigen, dunklen Gänge. Der Geruch von Betonstaub nahm schnell zu, sodass ich annahm, dass wir uns aus einer anderen Richtung dem Teil des Kellers näherten, den wir zum Einsturz gebracht hatten – keine beruhigende Vorstellung, wie ich fand. Niemand von uns konnte wissen, wie groß der Schaden war, den wir angerichtet hatten, und wie groß die Gefahr, dass dem ersten Einsturz weitere folgen würden, nachdem wir der Statik des ohnehin schon baufälligen Labyrinths so erheblich zugesetzt und den Keller möglicherweise in ein brüchiges unterirdisches Gewölbe verwandelt hatten, das auf den kleinsten Windhauch hin in sich zusammenfallen konnte. Unsicher folgte ich mit dem Blick dem über die Wände huschenden Lichtkegel; die Mauern hier unten bestanden zu meiner Linken aus Bruchstein und zu meiner Rechten aus Gussbeton, und als ich den hellen Putz der gewölbten Decke des Ganges, in den wir auf Carls ruppiges Kommando hin eingebogen waren, nach Rissen und Spalten absuchte, erspähte ich zu meinem Erschrecken mehr davon, als mir recht sein konnte.

Unter den Decken verliefen dicke Kabelstränge mit stellenweise porösen schwarzen Gummiummantelungen, wie jene, auf die wir in dem vom Hauptgebäude aus zugänglichen Teil des unterirdischen Labyrinths gestoßen waren. Dazwischen gab es fingerdicke, grün oxidierte Kupferrohre, die keinen besonders Vertrauen erweckenden Eindruck vermittelten. Ich hoffte, dass das, was auch immer jemals durch sie hindurchgeflossen war, sich nun nicht mehr darin befand und nicht an einer undichten Stelle austreten konnte, sodass wir alle vielleicht längst irgendwelche chemischen Substanzen eingeatmet hatten, unter deren Folgen wir bis an unser Lebensende leiden würden. Aber vielleicht würden wir ja überhaupt nicht mehr in den Genuss von Lungenkrebs oder hässlichen Hautgeschwüren kommen, sondern noch in dieser Nacht einen qualvollen Erstickungstod erleiden. Außerdem nahm ich nun unzweifelhaft das wahr, von dem ich mir am oberen Absatz der Treppe eingeredet hatte, dass ich es mir nur einbildete: Es roch nach Fäulnis, leicht nur, aber ganz eindeutig. Die verbrauchte, abgestandene Luft in dem alten unterirdischen Gemäuer, vermischt mit dem immer dichteren, in der Nase beißenden Zementstaub, erschwerte mir das Atmen und verursachte einen pelzigen Belag auf meiner Zunge und einen kratzigen Rachen.

Ich hatte Durst. Außerdem war mir das Zittern der Knie, das eingesetzt hatte, als wir uns der

Kellertreppe genähert hatten, die ganze Zeit über geblieben. Es steigerte sich im Gegenteil langsam auf ein Niveau, das es mir erschwerte, in einer geraden Linie zu gehen und mir die Furcht nicht anmerken zu lassen, dass uns in der nächsten Sekunde im wortwörtlichen Sinne schlichtweg die Decke auf den Kopf fallen könnte. Aber wenn ich ganz tief in mich hineinlauschte, konnte ich hören, dass da noch etwas anderes war als die Angst vor einem neuerlichen Unglück dieser Art. Da war ein Flüstern, eine leise Stimme irgendwo in meinem Hinterkopf, die mir beständig einredete, dass das, was wir taten, falsch war, dass ich diesen Weg hier nicht gehen durfte und dass ich besser umkehren sollte, solange ich noch konnte, weil nämlich das, was uns in den Tiefen dieses Kellers erwartete, viel schrecklicher war als ein paar herabstürzende Gesteinsbrocken und Betonplatten, weil dieses Etwas sogar noch schlimmer war als der Tod.

Ich gab mir redliche Mühe, *nicht* in mich hineinzuhorchen. Ich tat im Augenblick besser daran, mich nicht zu sehr auf mich selbst zu konzentrieren; schließlich hatte ich, wie Ellen behauptet hatte, mindestens eine Gehirnerschütterung aus meiner handfesten Konversation mit dem dicken Wirt davongetragen. Wahrscheinlich war es vollkommen normal, dass ich im Moment nicht mehr richtig tickte, mir selbst sogar ein bisschen schizophren vorkam.

Ich hörte auf, dem Strahl von Carls Lampe mit Blicken zu folgen, und senkte den Kopf, denn etwas nicht weniger Beunruhigendes hatte meine Aufmerksamkeit auf sich gezogen: Die Blutspur, die mir bereits auf der Treppe aufgefallen war, setzte sich noch immer durch die dunklen Gänge fort, obwohl wir mittlerweile mindestens fünfzig Meter und zwei Abzweigungen hinter uns gelassen hatten, vielleicht sogar mehr. Ich hatte nicht darauf geachtet, obwohl es vielleicht sinnvoller gewesen wäre, als die Decken des Gewölbekellers nach Haarrissen abzusuchen, ging aber davon aus, dass die Spur zwischenzeitlich nicht unterbrochen gewesen war. Wer auch immer kurz vor uns hier gewesen war, musste ungemein viel Blut verloren haben – in winzigen Tropfen zwar, davon aber jede Menge.

Ich zweifelte nicht daran, dass Maria tot war. Ich hatte gesehen, wie sie sich selbst hingerichtet hatte und in den Hof hinabgestürzt war, ich musste also ihre Leiche nicht mit eigenen Augen gesehen haben, um zu wissen, dass unsere graue Maus nicht mehr lebte. Wer aber sonst hätte diese Spur hinterlassen können? Stefan? Natürlich, es musste Stefan gewesen sein. Irgendwie musste er schließlich einen Weg von außerhalb der Mauer in die Burg zurückgefunden haben. Bei seinem Sturz hatte er sich zwar sicher verletzt, vielleicht hatte seine Nase eine Weile geblutet, ehe man ihm endgültig den Garaus gemacht und den Dolch zwischen die Schulterblätter gerammt hatte. Und daher stammten die Tropfen auf dem Boden, so musste es gewesen sein, versuchte ich mich selbst zu überzeugen, aber es gelang mir nicht. Da war ein Fehler in meiner Logik, auch wenn ich ihn in meiner hundsmiserablen Verfassung nicht gleich ausmachen konnte.

Vielleicht war Maria hier gewesen, nachdem der Tunnel eingestürzt war. Sie war auf dem Turm gewesen – vielleicht war durch den Einsturz ein Weg zwischen den beiden Kellerabschnitten frei geworden, den sie genommen hatte, was für uns bedeutete, dass es uns gelingen konnte, den kreisförmigen Raum unter dem Turm von hier aus zu erreichen und damit vielleicht doch noch einen Weg in die große Freiheit außerhalb der Burgmauern zu finden. Diese Theorie gefiel mir. Über den Umstand, dass sie denselben Denkfehler enthielt wie jene, die ich mir einige Sekunden zuvor ausgesponnen hatte, sah ich geflissentlich hinweg, denn sie ließ einen winzigen Hoffnungsschimmer aufleuchten, auf welchen Carls aufgedunsene Gestalt allerdings meine Sicht beeinträchtigte. Außerdem verlangte eine hartnäckige Stimme in meinem Hinterkopf noch immer danach, Marias Leichnam im Hof zu sehen, während die Stimme meiner Vernunft geduldig, aber nicht besonders erfolgreich dagegen sprach, dass das hier die Realität wäre und nicht etwa ein billiger Zombiestreifen oder ein fesselnder Thriller von Steven King.

Ich war längst nicht mehr in der Lage, mir eine interessante Bruchrechenaufgabe auszudenken, auf die ich mich konzentrieren konnte, um mich von meinen eigenen wirren Gedanken abzulenken, geschweige denn, eine solche zu lösen. Also beschränkte ich mich darauf, meine Schritte zu zählen, was zwar weniger anspruchsvoll war, den Zweck aber beinahe ebenso gut erfüllte. Als wir um drei weitere Ecken gebogen waren und ich die Einhundertdreiundzwanzig erreicht hatte, sahen wir uns mit dem Desaster konfrontiert, welches wir ausgelöst hatten: Der Einsturz hatte sich tatsächlich nicht auf den Gang beschränkt, in dem wir uns zu seinem Zeitpunkt aufgehalten hatten, sondern auf einen viel erheblicheren Teil des Kellers. Während noch eine Abzweigung zuvor nur wenige kleine Brocken weißen Putzes aus der Decke von der Katastrophe gezeugt hatten, sahen wir uns auf einmal einem fast hüfthohen Schuttberg gegenüber, der noch kurz zuvor zu einer an den anderen Teil des Labyrinths grenzenden Wand gehört hatte. Fingerdicke Risse zogen sich von der Einsturzstelle aus durch die weiß verputzte Decke, zerrissene Kabelstränge ragten wie dämonische, dürre Finger, die sich nach uns ausstreckten, aus dem Geröllberg, und verbogene, scharfe Metallteile lugten überall zwischen Staub und Beton hervor. Ich glaubte, ein bedrohliches Knirschen zu vernehmen, das von irgendwo aus, für meinen Geschmack aus viel zu geringer Entfernung, zu uns hindurchdrang, und griff nach Judiths Hand, um sie mit mir einen Schritt zurück in die Richtung zu ziehen, aus der wir gekommen waren.

»Bingo!« Carl jubelte, scheuchte uns mit der Waffe zurück in Richtung des Einsturzes und leuchtete kurz in den Bereich hinter der zerstörten Wand. Ich konnte sein Gesicht am grellen, meine Augen blendenden Strahl der Lampe vorbei nicht erkennen, entnahm aber dem Klang seiner Stimme und seiner Gestik, dass er plötzlich sehr aufgeregt war. »Hab ich's mir doch gedacht ... genau so hab ich es mir erhofft!«, rief er begeistert und angelte mit zwei Fingern der Hand, in der er auch die Lampe hielt, nach etwas, das er im hinteren Hosenbund des albernen Trainingsanzuges mit sich herumgeschleppt hatte. Schließlich warf er die lederne Mappe aus dem Rektorzimmer auf eine relativ schuttfreie Stelle auf dem Boden.

Er ließ sich in die Hocke sinken und seine Versuche, gleichzeitig mit der Lampe nach den Plänen zu leuchten, sie vor sich auszubreiten und zu betrachten und außerdem auch noch die Frauen und mich im Auge zu behalten und die Waffe auf uns zu richten, hatten etwas Tragikomisches, über das ich vielleicht geschmunzelt hätte, wenn nicht vor lauter schlechter Luft und Angst meine Lippen an meinen Zähnen und meine Zunge unter dem Gaumen festgeklebt hätten. Schließlich bedeutete er Ellen mit einer unwilligen Geste, den Scheinwerfer für ihn zu halten und die Pläne zu beleuchten, von denen allein der Teufel wusste, wie er sie nach dem Einsturz gerettet und wo er sie aufbewahrt und schließlich unbemerkt wieder an sich genommen hatte. Begleitet von hektischen Bewegungen studierte er abwechselnd die Baupläne, die eingestürzte Mauer und uns.

»Jetzt«, zischte Judith mir leise ins Ohr. »Wir können ihn überrumpeln!«

Ich schüttelte den Kopf. Ich wollte nicht riskieren, dass Carl in neuerliche Panik verfiel und vielleicht letztlich wild um sich schoss. Der Rhythmus der Blicke, mit denen er uns bedachte, war einfach zu unregelmäßig, um sich einen günstigen Sekundenbruchteil auszurechnen, in dem ich mich hätte auf ihn stürzen können. Judith schenkte mir ein Stirnrunzeln, das eine Mischung aus Ärger und Enttäuschung ausdrückte – wahrscheinlich hielt sie mich für einen Feigling. Vielleicht war ich ja einer.

»Ruhe!«, herrschte Carl Judith an. »Was gibt es da zu tuscheln!« Er tippte mit dem Zeigefinger auf eine bestimmte Stelle des Planes, den er vor sich ausgebreitet hatte, unweit des kreisrunden Raumes, der unmittelbar unter dem Turm liegen musste. »Hab ich mir doch gleich gedacht, dass wir von hier aus viel besser dorthin gelangen«, behauptete er und reckte stolz die Brust vor wie ein Truthahn bei der Balz.

Dann hätten wir uns vielleicht ein paar Durchbrüche ersparen können, dachte ich verächtlich bei mir, sprach es aber nicht aus. Carl nickte zufrieden und ließ den Blick durch das riesige Loch, das der Einsturz in die Wand zu unserer Linken gerissen hatte, schweifen.

»Mein Großvater hatte Recht. Ich habe nie daran gezweifelt, und heute werde ich es beweisen«, behauptete der Wirt und seufzte tief. »Ja, ja ... Der alte Knacker. Der war ein guter Kerl, das kann ich euch sagen. Hat nicht gekämpft im Krieg, war ein Mann des Friedens, das liegt bei uns einfach in der Pisse, wisst ihr. Der ganze Militärkram, das ist nichts für uns. Bin wahrscheinlich der erste Mann in meiner Ahnenreihe, der 'ne richtige Knarre in der Hand hält ...« Er lachte hässlich, dann schüttelte er den Kopf. »Fotos hat der Alte gemacht für die feinen Herren hier auf der Burg«, erzählte er weiter. »Fotos von Kindern, von hunderten von Kindern. Der Alte hat beobachtet, wie die Lastwagen kamen, als der Krieg zu Ende ging. Sie haben den Schatz hier versteckt. Er hat immer behauptet, der Schatz der Nazis liege unter dem großen Turm, da hat er drauf bestanden bis ans Ende seiner Tage, wisst ihr. Er hat gesagt, er hat gelauscht bei den feinen Herren. Dass man alles von Wert vor den Russen gerettet hat, haben sie gesagt in dem Gespräch, und dass man alles hierher nach Crailsfelden geschafft hat. Und mein Großvater war ganz sicher, dass nie mehr abgeholt wurde, was man hier versteckt hat. Der hat diese Burg Zeit seines Lebens beobachtet und er hat in den Stollen herumgeschnüffelt, wann auch immer sich die Gelegenheit dazu bot. Und jetzt ...« Der Wirt atmete nach seinem Redeschwall tief ein und aus und schlug auf einmal einen derart ernsthaften und entschlossenen Tonfall ein, dass ich mir nicht sicher war, ob ich ihn als bedrohlich oder lächerlich empfinden sollte. »Jetzt bin ich hier, um mein Erbe zu holen«, schloss er mit fester Stimme, ließ einige Sekunden des Schweigens verstreichen, steckte die Pläne zurück in die Mappe und schließlich wieder in den Hosenbund und nahm Ellen die Taschenlampe ab. Dann bedeutete er mir, als Erster durch den Durchbruch zu steigen, dicht gefolgt von Judith und Ellen.

Erst als Judith mich auf der anderen Seite des Schuttberges energisch gegen die Schulter stieß und mir einen verärgerten und enttäuschten Blick zuwarf, bemerkte ich, dass ich eine weitere Gelegenheit verpasst hatte, Carl zu überwältigen, während er sich noch mühsamer und ungeschickter über den Geröllhügel kämpfte als Ellen in ihrem eher hinderlichen als nützlichen Schuhwerk vor ihm. Selbst die Medizinerin, die seit geraumer Weile einen regelrecht abwesenden, durch und durch erschöpften Eindruck gemacht hatte, konnte sich ein tiefes Seufzen nicht verkneifen, das mir wahrscheinlich mitteilen sollte, dass sie mich für die Flasche hielt, als welche ich mich in diesen Sekunden auch ohne ihre Reaktion fühlte. Aber als ich die Chance erkannte, hatte ich sie bereits verpasst, und der Wirt bedeutete uns energisch, auf die nächste, an den weiteren Gang, den wir durch den unfreiwillig neu geschaffenen Durchbruch erreicht hatten, angrenzende Abzweigung zuzusteuern und uns dort nach links zu wenden.

Eine Weile, die aber völlig ausreichte, dass ich vollständig die Orientierung verlor, kommandierte Carl uns durch die Gänge des Labyrinths, das jenem Teil, von dem aus wir vor Marias Freitod einen Ausgang zu finden gehofft hatten, ungemein ähnlich sah – ich war längst nicht mehr sicher, ob wir nicht sogar schon einmal hier gewesen waren. Die Wände waren weiß verputzt, so gut wie frei von Rissen und Schimmelflecken, und die Decken gewölbt. Der modrige Geruch schwand nach und nach, und in unregelmäßigen Abständen grenzten stählerne Türen oder türenlose Rahmen an die Korridore. Carl blickte in keine einzige der angrenzenden Räumlichkeiten, sondern scheuchte uns wir Hühner zielstrebig vor sich her, und ich überlegte mehr als einmal, ob ich nicht einfach lossprinten und in die Dunkelheit flüchten sollte, traute mich aber nicht. Judith würde zu langsam sein, als dass ich sie mit mir zerren könnte, und ich wusste nicht, was der Wirt den beiden Frauen androhen würde, um mich zur Umkehr zu zwingen. Außerdem hatte ich schon jetzt keinen blassen Schimmer mehr, wie wir hierher gekommen waren, und würde den Weg zurück wahrscheinlich überhaupt nicht finden, schon gar nicht im Dunkeln.

Ich verwarf die Idee wieder. Mist, ich war einfach ein gottverdammter Feigling. Aber ich konnte mir wenigstens *einreden*, dass ich Carl allein der beiden Frauen wegen ohne Protest gehorchte und mich nur für sie an Judiths Seite weiter im Eilschritt durch die Korridore hetzen ließ.

Ich sah nicht viel, aber ich roch Staub und zermahlenen Stein, außerdem etwas Scharfes, das ich nicht benennen konnte – etwas Fremdes, Chemisches. Ich musste wieder an die Kupferrohre denken und an Ellens wahnwitzige Idee mit dem Paarungsexperiment. Ich maß Judith mit einem besorgten Blick. Hoffentlich war die Ärztin im Unrecht. Was auch immer hier in der Luft hing, tat einer schwangeren Frau bestimmt nicht gut.

Ich ertappte mich bei dem Gedanken, dass ein Kind mit Judith wenigstens ein schwacher Trost nach all dem Leid sein konnte, das wir in dieser Nacht hatten erdulden müssen. Ein gesunder Knabe. Wie wir ihn wohl nennen würden?

Schließlich befahl der Wirt uns stehen zu bleiben und beleuchtete nacheinander mehrere Türen, die an den erstaunlich gut erhaltenen, weiß getünchten Korridor angrenzten. Sie waren an den Seiten zur Orientierung mit akribisch ordentlichen gotischen Schriftzügen versehen; als *Raum XII*, *XIII* und *XIV* waren die Kammern zu unserer Linken ausgewiesen, rechts erkannte ich zwei stählerne Türen mit der Bezeichnung *Labor II* und *Forschungssammlung I*.

Einmal mehr fragte ich mich mit großem Unbehagen, was sich hier unten vor langer Zeit zugetragen haben mochte, welch böses Spiel dieser verrückte Klaus Sänger und seine Gefährten hier gespielt haben mochten. Ich musste an die Schreckliches erahnen lassenden Dokumente in den Gängen mit den Betten zurückdenken und an die Bücher, die wir in Marias schrankartigem Koffer gefunden hatten. Menschenzucht, grausame Experimente an unschuldigen Kindern, Schädelvermessungen, Lkws voller schreiender, ihren Eltern geraubter Säuglinge und die blonden Kinder auf der Decke …

Ich hörte regelrecht, wie es in meinem Magen zu rumoren begann, und schüttelte den Kopf, als könnte ich die schrecklichen Gedanken auf diese Weise so schnell wieder loswerden, wie sie über mich hergefallen waren. Vergeblich. Was auch immer man während des Krieges hier unten getrieben hatte, es musste unsagbar grausam und unmenschlich gewesen sein, selbst wenn meine Vorstellungskraft dazu bei weitem nicht ausreichte.

»Dort geht es zum Turm.« Carl deutete mit einer Kopfbewegung auf die linke Seite der nächsten angrenzenden Kreuzung. »Los jetzt, trödelt nicht so hier herum.«

Für einen kurzen Augenblick fiel das Licht seines Scheinwerfers auf sein Gesicht, sodass ich den Ausdruck darauf erkennen konnte. Ich erschrak. Das Auge des Wirtes, das nicht nach wie vor hoffnungslos zugeschwollen war, war geweitet und von feinen roten Äderchen durchzogen, als hätte er Fieber; und obwohl es alles andere als warm in diesem Keller war, stand ihm der Schweiß auf der Stirn, sodass sein Haar ihm strähnig auf der Haut klebte. Er atmete schnell und schwer, und ich erkannte, dass er vor Erregung am ganzen Leib zitterte. Er wirkte wie wahnsinnig. Offenbar raubte ihm die vermeintliche Aussicht auf den Schatz, von dem er sein Leben lang geträumt hatte, den letzten Rest seines jämmerlichen Verstandes. Das machte ihn gefährlich.

Obwohl ich für die Dauer von zwei, drei Atemzügen leise Schritte zu hören glaubte, die aus der entgegengesetzten Richtung zu uns hindurchdrangen, zeigte ich mich gehorsam und zog Judith mit mir in die angewiesene Richtung. Ich durfte Carl nicht reizen, sondern sollte mich bemühen, nicht noch eine Gelegenheit zu versäumen, aus der heraus ich ihn überraschend überwältigen konnte. Und was die Schritte anbelangte, so beruhigte ich mich, dass es mit an Sicherheit grenzender Wahrscheinlichkeit nur das Echo unserer eigenen war, das durch das Labyrinth und irgendwie um ein paar Ecken herum zu uns zurückschallte.

Der Gang reichte nur einige Meter weit, dann wurde er durch eine massive Stahltür, von der graue Farbe abblätterte, versperrt. Es gab ein kleines Sichtfenster, das auf Augenhöhe in sie eingelassen und von der Innenseite her aber mit einer Schiebeblende verschlossen war. *Forschungssammlung II* verriet der Schriftzug auf der weiß getünchten Wand daneben.

Auf einmal überfiel mich ein neuerliches Déjà-vu, ähnlich jenen, wie ich sie in dieser Nacht schon oft erlebt hatte, obwohl ich einhundertprozentig davon überzeugt war, noch niemals in dieser Burg, geschweige denn in diesem Keller gewesen zu sein. Aber es war mehr als einfach nur das plötzlich auftretende, vage Gefühl, schon einmal hier gewesen zu sein, mehr als eine kurze Irritation meiner Sinne, hervorgerufen durch eine etwaige Kombination von Farben und Gerüchen, wie sie mir vielleicht schon irgendwo in anderer Weise begegnet waren. Obwohl mein Verstand energisch dagegen argumentierte, fast schon hysterisch aufkreischte, dass es nicht so sein konnte, bestand mein Gefühl darauf, schon einmal hier gewesen zu sein und überschüttete mich mit Empfindungen, die sich festgesetzt hatten. Sie hatten im Verborgenen geschlummert, verdrängt und vergessen, weil sie zu schrecklich waren, zu qualvoll, um anders mit ihnen umzugehen, als sie in Ketten zu legen und jeden noch so kurzen Blick auf sie zu vermeiden. Da war blanke Angst, Panik, die Gewissheit, diese Tür auf keinen Fall und für nichts auf der Welt öffnen zu dürfen, meine Füße nicht über die Schwelle dieses Raumes setzen zu dürfen und das, was mich dahinter erwartete, nicht sehen zu wollen, da ich es nicht verkraften würde, weil es mich vielleicht zerriss und kaum mehr von mir übrig ließ als ein zitterndes Häufchen unbeschreiblichen Elends. Etwas unsagbar Grauenvolles wartete hinter dieser Tür, dessen bloßer Anblick töten konnte – vielleicht nicht nur psychisch.

Das Zittern meiner Knie breitete sich explosionsartig in meinem gesamten Körper aus. Meine Hand schloss sich so fest um Judiths Finger, dass es ihr wahrscheinlich schon wehtat und sie mich mit einem irritierten Blick ansah. Mein Atem ging hechelnd, und mein Herz brannte und hämmerte rasend schnell in meiner Brust wie Trommelfeuer.

»Schlag keine Wurzeln, Junge!« Carl versetzte mir einen weiteren ungeduldigen Stoß zwischen die Schulterblätter, als ich keinerlei Anstalten machte, die Tür zu öffnen. Er hörte sich bei weitem nicht so selbstsicher an, wie er wohl gerne geklungen hätte, nichtsdestotrotz aber durchaus entschlossen. Der Wirt war ein egozentrisches Arschloch und außerdem nicht unbedingt der Hellste, aber wenn ihn auch keine so heftige, plötzliche Angstattacke überfiel wie mich in diesem Augenblick, so konnte er bestimmt immerhin eins und eins zusammenzählen. Er konnte sich also ausrechnen, dass nach allem, was wir bislang über skrupellose Nazi-Wissenschaftler, Professor Sänger und diese Burg erfahren hatten, wahrscheinlich nichts Hübsches hinter einer wie dieser gekennzeichneten Tür im Keller dieses Gemäuers auf uns wartete. Aber sein Schatz war ihm ganz eindeutig wichtiger als unser aller seelisches Wohl.

»Mach die Tür auf«, drängte er. »Los jetzt!«

»Ich bin bei dir.« Judith betrachtete mich mit fast mütterlicher Sorge, während sie mir diese Worte zuflüsterte, und ich gab mir einen Ruck und drückte die klobige Klinke. Ich war derjenige, der für sie da sein und sie beschützen musste, nicht umgekehrt. Wie sollte ich ihr das Gefühl von Sicherheit vermitteln, wenn ich mich selbst nicht im Griff hatte?

Was auch immer ich hinter dieser Tür erwartet hatte – ich traf es nicht dort an. Carl ließ den Lichtstrahl langsam und prüfend durch den Raum schweifen, den wir betraten. Er ähnelte in gewisser Weise dem Rektorzimmer in der ersten Etage – zumindest der mächtige Mahagonischreibtisch auf der linken Seite des staubigen Zimmers war anscheinend ein perfekter Klon des Möbels, in dem ich die Fotos gefunden hatte – er glich ihm bis auf die geschmacklose Tischleuchte mit dem grünen Glasschirm, nur dass der bei dieser Lampe angeschlagen und gut zur Hälfte zerborsten war, sodass die Schreibtischplatte von unzähligen kleinen Splittern, die wie Smaragde im Strahl der Taschenlampe glitzerten, übersät war. Rechts an der Wand machte ich einen hölzernen Waffenständer für Gewehre aus, der aber keine Schusswaffen mehr enthielt, sondern an den nur eine Fahnenstange angelehnt war, von der ein dreieckiger Wimpel hing. Ich identifizierte ihn als jenen der Pfadfindertruppe, den ich von dem Foto aus dem Geheimfach her kannte. Darüber hinaus war das Zimmer leer.

Allerdings gab es eine weitere Stahltür auf der gegenüberliegenden Seite, in die aber kein Sehschlitz eingelassen war. Bei ihrem Anblick überfiel mich eine neuerliche, noch heftigere Angstattacke. Mein Magen zog sich schmerzhaft zusammen und trieb beißende Säure meine Speiseröhre hinauf, das Blut schien in meinen Adern zu Eis zu gefrieren und mein Hals war wie mit einem Drahtseil zugeschnürt, sodass ich kaum noch Luft bekam. Für einen kurzen Moment befürchtete ich, allein aus Angst einfach das Bewusstsein zu verlieren, hoffte es sogar fast, weil es bedeutet hätte, dass niemand mich mehr zwingen könnte, auch nur einen einzigen Schritt weiterzugehen. Aber Carl trieb uns erbarmungslos voran.

»Wir müssen weiter«, maulte er ungehalten. »Das hier ist bloß die Wachstube. Die Schatzkammer liegt hinter der nächsten Tür.«

Ungeduldig drückte er Ellen im Vorbeigehen den Scheinwerfer in die Hand, stieß mich grob beiseite, noch ehe ich den ersten zögerlichen Schritt in die angegebene Richtung machen konnte, und drängte sich zwischen Judith und mir hindurch, um die Tür zu öffnen. *Jetzt*, wies der letzte funktionierende Rest meines geschundenen Verstandes mich müde, in nahezu resignierendem Tonfall an. Jetzt war die beste Gelegenheit, sich von hinten auf den dicken Wirt zu werfen, ihn zu Boden zu reißen und ihm die Waffe zu entwenden. Aber ich war unfähig, etwas zu tun. Meine Beine gehorchten mir nicht mehr, ich hatte alle Mühe, sie wenigstens so weit unter Kontrolle zu halten, dass sie mich nicht einfach aus dem Raum und durch das finstere Labyrinth sprinten ließen, womit ich nichts anderes erreicht hätte, als mich in meiner Panik hoffnungslos zu verirren und einen vor Wut rasenden Carl mit den beiden Frauen zurückzulassen, an denen er vielleicht auf widerlichste Weise seinen Ärger über meine Flucht auslassen würde.

Der Wirt riss die Tür auf. Ein kühler Luftzug schlug mir entgegen, der einen fast erstickenden Geruch chemischer Substanzen mit sich führte. Ich kannte diesen Gestank. Ich wusste ihn nach wie vor nicht zu benennen, aber ich kannte ihn besser, als mir lieb sein konnte, genauer, als es irgendeinem normalen Menschen auf dieser Welt recht sein durfte. Es war kein Déjà-vu, es waren Erinnerungen, zum Greifen nah, und doch unerreichbar, als lägen die imaginären Hände in zentimeterdicken stählernen Ketten – Ketten wie jene, die in die Wände der verliesartigen Zellen eingelassen waren; Erinnerungen, eingesperrt in spartanisch eingerichtete Kammern, durch die Schreie der Angst, der Verzweiflung, der Hilflosigkeit schallten. Todesangst.

»Formalin«, stellte Ellen leise fest, während sie an Carls Seite trat und den Strahl der Lampe durch den Raum hinter der zweiten Tür schweifen ließ. »Das riecht hier wie im alten Anatomiesaal meiner Uni.«

Die Ärztin und der Wirt traten einen Schritt weit in den Raum hinein. Judith folgte ihnen und zog mich einfach mit.

Der gelbe Lichtstrahl riss lange Regale aus der Dunkelheit; grau angelaufene, metallene Regale mit Unmengen von Glasbehältern verschiedener Größen, die den Einmachgläsern aus der Vorratskammer im vorderen Teil des vom Haupthaus zugänglichen Kellerabschnitts glichen.

»Beim letzten Mal waren es nur alte Pflaumen«, sprach Judith aus, was ich mich zu denken bemühte, aber ich hörte aus ihrer Stimme heraus, dass sie sich selbst so wenig glaubte wie ich mir. *Wie im alten Anatomiesaal meiner Uni*, hallten Ellens Worte in meinem Kopf wider. *Formalin* …

Die stählernen Regale waren parallel zu unseren Seiten angeordnet und bildeten so einen Gang. Durch ihre offenen Rückseiten hindurch ließ sich erkennen, dass der Raum, den wir betreten hatten, von erheblicher Größe war und von unzähligen weiteren, schmale Gänge bildenden, allesamt identischen, schlichten Regalen ausgefüllt wurde. Sie alle waren von oben bis unten mit versiegelten

Gläsern ausgefüllt, die von der Größe kleiner Marmeladengläser bis hin zu solchen reichten, die das Ausmaß von 20-Liter-Fässchen annahmen. Ellen tastete mit dem Strahl der Lampe die gegenüberliegende Seite des gewaltigen Raumes ab, in die zwei weitere Türen eingelassen waren, von denen die linke mit *Schallraum*, die rechte schlicht als *Raum XIII* gekennzeichnet war. Davor standen mehrere Keramikbecken, die, mit Glasscheiben abgedeckt, scheinbar luftdicht verschlossen waren und mich von ihrer Form und Größe her an ausgediente Badewannen erinnerten, wie man ihnen oft als Tränke auf Tierweiden begegnet. Selbst von hier aus konnte ich erkennen, dass die durchsichtigen Platten, mit denen sie verschlossen waren, wie sämtliche Gläser in den Regalen mit ehemals weißen, mit der Zeit vergilbten Etiketten gekennzeichnet waren, auf denen Buchstaben und Zahlencodes sowie Jahreszahlen prangten. Die meisten Behälter stammten demzufolge aus den Jahren 1943 und 1944, nur wenige waren von 1945.

Ich kämpfte mühsam gegen meinen kaum noch beherrschbaren Fluchtinstinkt an und weigerte mich zum ersten Mal, seit ich mich erinnern konnte, ganz bewusst, der Stimme meines Verstandes Gehör zu leisten, die mir sehr objektiv mitteilte, wo wir hier gelandet waren und was uns hier erwartete. Mit einem widersprüchlichen Gefühl widerwilliger Neugier betrachtete ich die Gläser zu meiner Rechten, welche auch Ellens Interesse geweckt hatten, sodass sie den Lichtstrahl des Scheinwerfers einige Augenblicke lang darauf ruhen ließ. Für den Bruchteil einer Sekunde glaubte ich einen Schatten irgendwo hinter den nächsten zwei oder drei aus Regalen gebildeten Gängen wahrzunehmen, und mein Herz machte einen derart erschrockenen und schmerzhaften Satz, dass ich das Gefühl hatte, es würde meine Rachenmandeln berühren und erst dann wieder an seinen von der Natur vorgegebenen Platz hinter meinen Rippen zurückschnellen. Aber es war wohl nur der Strahler, der gespenstische Schatten durch den Raum tanzen ließ.

Ich konzentrierte mich wieder auf die Einmachgläser und erkannte die Ursache des beißenden chemischen Geruchs, der in der staubigen, verbrauchten Luft hing: Einige der Gläser waren gesprungen, lagen teilweise gar in Scherben, und eine durchsichtige Flüssigkeit war aus ihnen ausgetreten – wohl das, was die junge Ärztin, die auf einmal überhaupt nicht mehr müde, sondern ganz im Gegenteil hellwach und sehr aufmerksam und interessiert wirkte, als Formalin identifiziert hatte. Zwischen den Scherben der wenigen, vollständig zerstörten Gläser lagen bis zur Unkenntlichkeit verschrumpelte … Dinge.

Präparate, brüllte mein Verstand in einer Deutlichkeit, die sich nun nicht mehr überhören ließ, hinter meiner Stirn. Es machte keinen Sinn, die Augen vor der Wahrheit zu verschließen, das Tatsächliche zu verdrängen, obwohl ich mit offenen Augen und gleich mit der Nase davor stand. Das hier war eine Anatomiesammlung, ein makaberes Museum menschlicher Organe und Gliedmaßen, die Körperwelten des Professor Klaus Sänger sozusagen, wenn man über genügend tiefschwarzen Humor verfügte, um es damit zu vergleichen.

Die ersten unbeschädigten Gläser, auf denen Ellen den Strahl der Lampe für einen Moment verharren ließ, waren nur etwa zehn Zentimeter hoch und hatten einen etwa ebenso großen Durchmesser. Senkrechte Glaswände unterteilten sie in jeweils zwei Kammern. In jeder davon befand sich ein Augenpaar in jener scharf riechenden Konservierungsflüssigkeit, mit der alle Behälter gefüllt waren. Die sich im selben Glas befindlichen beiden Augenpaare waren einander nahezu unheimlich ähnlich – nicht allein von ihrer Farbe her; so betrachtet glichen sie einander alle, denn alle Augen waren blau. Sie waren sich nicht nur ähnlich, sondern schienen regelrecht *gleich*, sie trafen dieselbe Nuance, hatten dieselbe Größe und … den gleichen Ausdruck?

Hatten tote Augen einen individuellen Ausdruck?

Wieder musste ich an die Sachbücher aus Marias Koffer denken. Zwillinge, dachte ich. War nicht ungemein häufig die Rede von Zwillingen gewesen, von Experimenten mit natürlichen Klonen? Und waren diese Augen hier nicht viel zu klein für erwachsene Menschen?

Ich wollte diesen Gedanken nicht weiter verfolgen. Was ich sah, war schrecklich genug, ohne dass ich mir noch ein paar weitere laienhafte, grauenvolle Interpretationsmöglichkeiten dazu ausspann. Ich stellte fest, dass ich mich spontan getäuscht hatte und doch nicht alle Augenpaare blau waren, sondern dass es auch einige wenige grüne und braune Exemplare gab, von denen die meisten aber entweder hässlich deformiert waren, als hätte man sie verätzt, oder über hell- bis mittelblaue, von unschönen, geplatzten Äderchen durchzogene Augäpfel verfügten. Methylenblau ... Ich gab mir wirklich Mühe, es auszublenden, konnte aber nicht verhindern, dass ich immer wieder das, was ich entdeckte, mit dem kürzlich Erfahrenen in Verbindung brachte. Versuche mit Methylenblau. Blondes Haar, blaue Augen, helle Haut, der Vorzeigearier, die Suche nach dem Rezept für den perfekten Menschen ...

Nun waren es Judiths Fingernägel, die sich unangenehm in meinen Handrücken bohrten. Ich löste meine Hand aus ihrem Griff und legte ihr den Arm um die Schulter, um sie schützend zu mir heranzuziehen, obgleich ich selbst mich sicherlich nicht besser, vielleicht sogar viel elender fühlte als sie, und ich mich selbst nach einer Brust zum Anlehnen sehnte, die mir ein wenig Geborgenheit und Sicherheit vermittelte. Wäre sie nicht längst tot gewesen und ich aus dem entsprechenden Alter fast ebenso lange heraus, so hätte ich mir meine Mutter herbeigesehnt. Aber jetzt blieb mir nichts anderes übrig, als zu versuchen zu geben, was ich selbst nicht bekommen konnte, und wenigstens ein Minimum an Wärme aus Judiths körperlicher Nähe zu schöpfen.

Ellen ging langsam weiter und beleuchtete eine weitere Reihe gläserner Behälter im linken Ausstellungsregal. Judith und ich folgten ihr unaufgefordert. Warum eigentlich? Verdammt, ich wollte weg von hier, ich musste hier raus. Aber meine Beine verfügten in dieser Nacht anscheinend über einen eigenen Willen, der von Zeit zu Zeit ungleich stärker war als der Einfluss meines Gehirns. So, wie sie sich eben noch strikt geweigert hatten, dieses Horrorkabinett zu betreten, sahen sie nun nicht ein, es wieder zu verlassen, ehe sie mich mit allem gefoltert hatten, was hier auf mich warten mochte, fast so, als wollten sie mich dafür bestrafen, dass ich sie gezwungen hatte, überhaupt hierher zu kommen.

»Siebte Woche, etwa 25 Millimeter«, stellte Ellen mit einem Blick auf einen der Exponatbehälter zu ihrer Linken fest und las ein paar Zahlen vom dazugehörigen Etikett ab, von denen ich bezweifelte, dass sie ihr tatsächlich so viel sagten, wie sie uns mit ihrer Stimme glauben machen wollte. Sie sprach leise, klang aber nahezu abartig sachlich. Sie versteckt sich wieder, stellte ich im Stillen fest. Sie zog es vor, sich wieder hinter ihrem kugelsicheren, weißen Kittel zu verstecken, weil sie kaum besser verarbeitete, was sie entdeckte, als ich. Trotzdem widerte mich ihr Tonfall an.

»Es ist erstaunlich, dass eine so außerordentliche Sammlung in einem Burgkeller am Ende der Welt untergebracht ist.« Sie trat ein wenig näher an die lange Reihe mittelgroßer Gläser heran, die sie angeleuchtet hatte, und maß sie mit einem Ausdruck wissenschaftlicher Neugier auf dem Gesicht. Ich hasste sie dafür. In diesen Augenblicken hätte ich sie mir durchaus in einem weißen Kittel mit SS-Emblem vorstellen können. Sie hätte eine von ihnen sein können, wäre sie nur ein dreiviertel Jahrhundert früher geboren worden, dachte ich angeekelt. Vielleicht war sie das? Vielleicht bildete überhaupt nicht Carl die größte Gefahr für uns, sondern sie? Oder sie arbeitete tatsächlich mit ihm zusammen, und die beiden spielten ein makaberes Spiel mit Judith und mir? Warum rannte sie eigentlich nicht weg? Der Wirt sah schließlich zumindest im Augenblick davon ab, wild mit seiner Waffe herumzufuchteln, sondern schenkte uns ganz im Gegenteil so gut wie überhaupt keine Aufmerksamkeit und starrte mit vermeintlichem Entsetzen auf ein halbes Dutzend gläserner Behälter, von denen ich nicht wissen wollte, was darin war.

Warum rannte *ich* nicht weg?

»Sie sollten der wissenschaftlichen Forschung zur Verfügung stehen«, stellte die Ärztin kopfschüttelnd fest und deutete auf das Glas, dessen Inhalt sie als *siebte Woche, etwa fünfundzwanzig Millimeter* beschrieben hatte. Ich war kein Gynäkologe, musste aber nicht genau hinsehen, um zu wissen, dass es sich um einen Embryo handelte. »Man kann alles wunderbar erkennen. Der Kopf macht etwas weniger als die Hälfte der Körpermasse aus, es sind sogar schon Ansätze von Ohrmuscheln zu sehen«, dokumentierte Ellen anerkennend, »die Augen sind auch schon da – nur als schwarze Flecken, aber immerhin. Da sind die Arme und die Beine ... sogar winzige, unförmige

Fingerchen. So etwas ist immer wieder ungemein beeindruckend. Ich meine, ein paar Wochen zuvor war das hier nicht mehr als ein Spermium und eine weibliche Eizelle.«

Sie leuchtete weiter und erklärte ausführlich jeden Einzelnen der in Formalin eingelegten Embryonen und Föten. *Fünfzehnte Woche, geschlossene, ausmodellierte Augenlider in viel zu großem Kopf, der auch schon Lippen und eine kleine Nase besitzt …* Ich folgte dem Strahl der Lampe fast mechanisch mit dem Blick und hasste die junge Ärztin für ihre mehr oder minder fachlichen, allesamt jedoch knochentrockenen Erläuterungen. *Auf der Stirn sind dunkelrote Adern zu sehen, die Nabelschnur schlingt sich schlangengleich um den kleinen Körper, Finger und Zehen sind deutlich herausgebildet, der Kopf macht etwa ein Drittel der Körpergröße aus …*

Zu gerne hätte ich sie angebrüllt, dass sie doch einfach endlich ihre verdammte Klappe halten sollte. Ich wollte ihr die Lampe aus der Hand schlagen, damit sie aufhörte, diese armen kleinen Wesen, die das Licht der Welt nie hatten erblicken dürfen, dem grellen Schein auszusetzen und mich zu zwingen, selbst zu sehen, was Ellen beschrieb. Aber ich befand mich noch immer wie unter Hypnose, hatte die Gewalt über meine Glieder noch längst nicht zurückerlangt, und meine Zunge fühlte sich noch immer pelzig an und klebte so fest an meinem Gaumen, dass ich befürchtete, bald beide Hände zu benötigen, um sie wieder zu lösen, zumindest aber mehrere Liter

Wasser. So redete die Chirurgin weiter und weiter, beschrieb mehr als ein halbes Dutzend toter Föten und schloss schließlich mit einem zur Geburt bereiten Baby, das man samt Gebärmutter in einem großen gläsernen Zylinder präpariert hatte. Die Gliedmaßen des Babys waren extrem angewinkelt, sodass sie fast verknotet wirkten, da die Gebärmutter nur noch wenig Platz für den wachsenden kleinen Körper bot.

»Sechsunddreißigste Woche«, schloss Ellen. »Etwa fünfundvierzig Zentimeter. Dieses Kind wäre durchaus lebensfähig gewesen.«

Hätte man es nicht vorher umgebracht und samt Gebärmutter aus dem Mutterleib geschnitten, fügte ich in Gedanken hinzu. Das Glas mit dem Ungeborenen begann sich vor meinen Augen zu drehen. Ich schloss die Lider für ein paar Sekunden und atmete so langsam und tief ein und aus, wie es mir in Anbetracht des herrschenden Gestanks und der staubigen, trockenen Luft, die in meiner Nase und meinem Hals kratzte, möglich war. Judith zog mich weiter, als Ellen wieder ein paar Schritte voranging, und verharrte schließlich hinter der Ärztin, um mit so fassungslosem Blick, dass er bereits wieder ausdruckslos wirkte, auf die in Formalin eingelegten Präparate zu starren, die Ellen nun beleuchtete. Auch Carl trat an unsere Seite und betrachtete die Ausstellungsstücke aus einem vor Entsetzen geweiteten Auge, da er sein anderes, stark verfärbtes und enorm angeschwollenes Lid erst einige Millimeter anheben konnte. Sein Gesicht hatte jegliche Farbe verloren, sodass seine sonst eher rosige, speckige Haut nahezu transparent wirkte.

In den wuchtigen Glaszylindern befanden sich präparierte Köpfe. Köpfe von Erwachsenen, größtenteils aber von Kindern, häufig solche, die Zwillingen gehört haben mussten oder zumindest Geschwisterkindern, die sich enorm ähnlich sahen. In den meisten Fällen ragte blondes Haar aus toter, weißer Kopfhaut. Die zumeist blauen Augen hatte man ihnen gelassen.

Ich bemerkte, dass ich instinktiv zu atmen aufhörte, kämpfte aber nicht gegen den Atemstillstand an. Wenn ich erstickte, sollte es mir recht sein. Ich glaubte nicht, dass ich jemals wieder derselbe sein würde, als der ich hierher gekommen war, und war mir ziemlich sicher, dass ich der Mensch, der ich sein würde, wenn ich diese Burg jemals wieder verließ, spätestens nach diesem Ausflug in den Keller auf keinen Fall sein wollte, weil mein Leben mir nicht mehr viel Freude bereiten würde – allein schon deshalb, weil ich nie wieder ein Auge zutun würde. Ich wäre reif für die Klapse, ganz bestimmt, würde zumindest aber als Junkie unter einer Brücke landen, weil ich niemals verarbeiten könnte, was geschehen war und was ich hier hatte sehen müssen, vielleicht noch sehen musste.

Jeweils die eine Gesichtshälfte der Köpfe hatte man in der Regel intakt gelassen, während man von der anderen Seite unterschiedliche Mengen von Haut, Gewebe und Muskeln abgetragen hatte. An manchen fehlte lediglich die Haut einer

Gesichtshälfte, die Muskeln auf dieser Seite waren herauspräpariert, während man von anderen selbst den Schädelknochen entfernt hatte und der Blick auf diverse Gehirnabschnitte frei war.

»Das ... ist unüblich«, bemerkte Ellen. Selbst ihr hatte es für eine Weile die Sprache verschlagen gehabt und sie erlangte sie anscheinend nur mühsam zurück. »Normalerweise bereitet man Gesichter auf, das heißt, man entfernt die Haut, damit es nicht möglich ist, die Verstorbenen wieder zu erkennen ... Aber gut«, sie zuckte die Schultern, schüttelte kurz den Kopf, hatte sich plötzlich wieder vollständig im Griff, und für ihre nächsten Worte hätte ich sie einmal mehr am liebsten erschlagen, wenn nicht gleich zerteilt und zwischen die schrecklichen Präparate in den Regalen eingegliedert, »sie können sich ja sehen lassen. Die meisten sind durchaus hübsche Kinder. Und so pflegeleicht – da könnte man fast auf dumme Gedanken kommen ...«

Wahrscheinlich hatte sie darauf abgezielt, einen makaberen Witz zu machen und die angespannte Stimmung einen kleinen Deut aufzulockern, aber ihr Spruch kam alles andere als gut an. Judith zuckte in meinem Arm zusammen, als hätte die Ärztin ihr einen Schlag ins Gesicht versetzt, und keine halbe Sekunde darauf rief sich Carl ins Bewusstsein zurück, dass er nach wie vor bewaffnet war und hier die alleinigen Zügel in der Hand hielt. Er richtete den Revolver auf Ellen und trieb sie mit zornesfunkelndem Blick vorwärts, allerdings nur, um nach wenigen Schritten wieder stehen zu bleiben und sie anzuweisen, einen weiteren, etwas höher gelegenen Regalabschnitt auszuleuchten.

Ich hatte geglaubt, dass es nicht mehr schlimmer kommen konnte, aber ich hatte mich geirrt. Der Konfrontation mit den abgetrennten Kinderköpfen folgte nun eine mit einem guten halben Dutzend, zum Teil durch Schussverletzungen entstellter Gesichter Jugendlicher und junger Erwachsener.

»Das sind keine Kriegsverletzten«, behauptete Ellen stirnrunzelnd.

»Wie kommen Sie darauf, Frau Doktor Allwissend?«, spottete Carl, der seine Sprache nun leider Gottes ebenfalls wieder gefunden hatte, und schnaubte verächtlich. »Dass ihre Namen nicht in einem Ehrenkodex genannt worden sind, heißt noch lange nicht, dass sie nicht im Krieg gestorben sind. Ein beachtlicher Teil der Gefallenen befand sich gerade erst im jugendlichen Alter, so weit ich weiß.«

»Die Schusskanäle.« Ellen ging nicht auf die Provokation des Wirtes ein, sondern sah davon ab, weitere hässliche Bemerkungen zu machen und beschränkte sich wieder auf die sachlich-kühle Übermittlung ihrer Fachkenntnisse. »Der Schusskanal verläuft bei jedem Präparat in einem anderen Winkel, obwohl die Einschussstelle gleich bleibt. Die Schusskanäle sind aus den Schädeln herauspräpariert worden – sie müssen still gehalten haben dabei, es sieht fast so aus, als hätten sie noch gelebt … Aber hier«, sie deutete auf ein paar kleine Zettel, die den anderen nicht durch Schüsse, sondern anderweitig entstellt aussehenden Präparate beigefügt waren, »seht euch das mal an.«

Auf den identisch großen Zetteln waren Bilder der dazugehörigen Präparate abgedruckt, die fast noch deutlicher als die Exponate selbst zeigten, welcherlei Missbildungen man an dieser Stelle in die grauenvolle Sammlung eingefügt hatte. *Hypertelorismus*, las ich auf einem der weißen Zettel, der vor einem ungewöhnlich platt wirkenden, in einem Glasbehälter untergebrachten Gesicht auf dem Regalboden klebte. Die Augen standen deutlich zu weit auseinander, der Nasenrücken war deformiert und enorm breit.

»Ein angeborener Defekt«, kommentierte Ellen. Ich wünschte ihr, an diesem Ausdruck zu ersticken: Defekt. Ein *Leiden*, wäre die richtige Formulierung gewesen. Dieser Mensch musste Zeit seines Lebens unter sich selbst, unter seinem eigenen Antlitz gelitten haben, hatte vielleicht noch eine Reihe anderer Missbildungen an dem Körper erdulden müssen, welchen man ihm geraubt hatte nach einem Tod, von dem ich nicht sicher war, ob er ein natürlicher gewesen oder ob dieser junge Mann schlicht Opfer von wissenschaftlichem Übereifer geworden war.

»Das da ist vermutlich ein Fibrosarkom«, erklärte Ellen mit einer Geste auf ein von einem unschönen Geschwür überwuchertes, lebloses Gesicht. »Ein bösartiger Tumor des Bindegewebes mit unterschiedlich ausgeprägter Kollagenfaserbildung, Knochen- und Knorpelbildung. Und das da«, sie beleuchtete das Gesicht eines glatzköpfigen Mannes, dessen Gesicht vollständig erhalten geblieben war, welches aber unnormal faltig, regelrecht verschrumpelt wirkte, »ist ein Fall von *Cutis verticis gyrata.*« Ihre Stimme bekam einen fast schwärmerischen Unterton. »Eine extreme Furchen- und Faltenbildung, die man meist an der Kopfhaut beobachten kann. Dadurch entsteht ein hirnwindungsähnliches Hautbild. Man findet dieses Phänomen zumeist bei Geisteskranken oder bei psychisch labilen Menschen.«

Sie ging weiter und steuerte die Wannen vor den Stahltüren am Ende des Regalganges an. Judith und ich folgten dem Wirt und ihr, und ich unterdrückte den Drang, nach meiner Stirn zu tasten und mich zu vergewissern, dass mich, wenn ich schon annähernd geisteskrank, zumindest aber psychisch längst extrem labil war, die *Cutis verticis gyrata* noch nicht heimgesucht hatte und den erbärmlichen Zustand meiner geschundenen Seele nur allzu deutlich nach außen hin trug.

»Das ...« Ellen stockte, starrte einen Augenblick lang höchst konzentriert auf die gläserne Abdeckplatte auf der mittleren Keramikwanne hinab und beugte sich schließlich weit vor, um die darauf liegende, fast einen halben Zentimeter dicke Staubschicht mit dem Ärmel ihres sündhaft teuren Kostüms beiseite zu wischen. Sie schüttelte sich, als hätte sie gerade in eine saure Zitrone gebissen, und zog eine Grimasse. »So etwas habe ich noch nie gesehen«, stellte sie angewidert fest.

Ich hätte gewarnt sein müssen. Vor mir stand eine erfahrene Unfallchirurgin und blickte angeekelt auf eine Keramikwanne in einem verlassenen Anatomiemuseum aus der SS-Zeit hinab, wobei ihre außergewöhnlich helle Haut zusätzlich an Farbe einbüßte. Ich sah, wie der Lichtkegel, den sie auf das Exponat richtete, plötzlich zu zittern begann. Was auch immer sich in diesem Behälter befand, musste etwas ungleich Schrecklicheres sein als alles, was wir bislang hier unten erblickt hatten. Trotzdem schaute ich ihr über die Schulter. Vielleicht war es besser, das gesamte Grauen zu erfassen und mich hinterher darum zu bemühen, das Gesehene zu verarbeiten, als mich zu weigern, es mir vollständig anzusehen und meiner Fantasie zu überlassen, was es aus dem Möglichen machte. In diesem Fall aber hätte meine Vorstellungskraft bei weitem nicht an das herangereicht, was ich in dem mit einem dicken Glasdeckel abgedichteten Behälter erspähte.

Dort waren zwei vollständig präparierte Körper eingelagert worden, Kinderkörper von allerhöchstens neun oder zehn Jahre alten Jungen, die auf den ersten Blick wie siamesische Zwillinge wirkten, sich auf den zweiten (Warum sah ich nicht endlich weg? Ich konnte das alles nicht mehr ertragen!) aber als chirurgisch aneinander montiert entpuppten. Man hatte den größten Teil der Haut an ihrem Rücken entfernt und die Kinder dann mit hässlichen schwarzen Fäden, die sich noch immer durch die dicken, wulstigen Narben zogen, Rücken an Rücken aneinandergenäht. Hätte Frankenstein Söhne gehabt, vielleicht hätten sie diesen armen kleinen Kreaturen sehr geähnelt.

»Warum tun Menschen so etwas?«, flüsterte Judith tonlos. Ich glaubte nicht, dass sie wirklich eine Antwort auf ihre Frage erwartete. Ellen lieferte sie ihr trotzdem.

»Erinnerst du dich an die Berichte über diesen Doktor Mengele und Co?« Ellen hatte ihren Schrecken überwunden und zuckte mit den Schultern. »Irgendjemand hatte wohl die irrwitzige Idee, auf diese Weise einen organischen Blutaustausch zu ermöglichen und die Konsequenzen eines solchen zu beobachten. In diesem Fall war die Konsequenz offenbar, dass beide Kinder verstorben sind, noch bevor die Wunden verheilen konnten.«

»Da drinnen sind auch Zwillinge.« Carl hatte eine weitere verstaubte Platte mit dem viel zu langen Ärmel seines Trainingsanzuges frei gewischt und bedeutete Ellen mit einem schwachen Wink, in das Becken zu leuchten. Er zitterte sichtlich und atmete schnell.

Fast gewaltsam riss ich meinen Blick von den Frankenstein-Kindern los und nahm die Entdeckung des Wirtes in Augenschein. Im ersten Moment verstand ich nicht, was Carl gemeint hatte, denn ich entdeckte lediglich einen in Formalin eingelegten Kinderkörper in der Keramikwanne unter der Glasplatte: ein höchstens zehnjähriges, blondes Mädchen, dessen langes blondes Haar zu Zöpfen geflochten und von rosafarbenen Schleifen zusammengehalten auf ihren Schultern ruhte. Man hatte darauf verzichtet, dem kaum einen Meter zwanzig großen Mädchen nach seinem Tod die Augen zu verschließen, und sein Blick spiegelte auch jetzt, gute sechzig Jahre nach seinem Ableben, reine Todesangst wider. Die Bauchdecke des Kindes war vollständig entfernt worden.

Sie war hochschwanger mit Zwillingen gewesen, als sie starb. Die Ungeborenen ruhten noch immer mit den Köpfen Richtung Geburtskanal und fest aneinandergeklammert, als spürten sie die schreckliche Angst ihrer viel zu jungen Mutter und versuchten einander zu halten und zu schützen, in dem kleinen, zierlichen Leib.

Ich hatte genug gesehen. Was auch immer in den restlichen Keramikwannen ruhte, verdiente es nicht, nach all dem Leid und dem menschenunwürdigen Begräbnis in einer stinkenden Konservierungsflüssigkeit durch eine zentimeterdicke Glasplatte hindurch begafft zu werden. Es war respektlos und es verbrannte meine Seele, die schon jetzt, obgleich wir gerade einen Bruchteil der makaberen Sammlung in Augenschein genommen hatten, einen wahrscheinlich irreparablen Schaden davongetragen hatte. Ich war den Tränen nahe über so viel abartige Grausamkeit, konnte kaum glauben, dass dieses Feuerwerk des Grauens von Menschenhand geschaffen sein sollte. Langsam, aber mit absoluter Bestimmtheit, setzte sich in mir die Erkenntnis durch, dass für das alles hier hunderte von Menschen nicht einfach nur gestorben, sondern mit an Sicherheit grenzender Wahrscheinlichkeit eigens für diese abartige Sammlung ermordet worden waren. Man hatte hunderte von Kindern und Jugendlichen, selbst Kleinkinder, Babys und Föten, für diese grausame Ausstellung im Namen zweifelhafter Wissenschaft getötet!

Es war schlimmer als alles, was ich in meinem gesamten Leben, selbst in dieser tragischen Nacht, je gesehen hatte, nicht einmal die entstellte Leiche Eds und Stefans grausames Sterben vor meinen Augen in der Küche kam an das heran, was dieses Horrorkabinett in mir auslöste. Meine Augen brannten, ich vermochte noch immer nicht wieder richtig zu atmen, und ich bemerkte erst in diesem Augenblick, dass ich mich an Judith, die ich in einer vermeintlich schützenden Geste in den Arm genommen hatte, angelehnt hatte, und dass es lediglich ihrem Gegendruck gegen meine Brust zu verdanken war, dass ich noch nicht einfach vornüber gekippt war, so weich und kraftlos fühlten sich meine Beine an. Vor meinen Augen begannen die Konturen der Becken, der stählernen Regale und der makaberen Einmachgläser erneut zu verschwimmen und umherzutanzen; ich erkannte meine Umgebung nur noch wie durch einen gräulichen Schleier hindurch und vernahm Ellens Stimme, die in diesen Sekunden erneut die hervorragenden, wissenschaftlich betrachtet höchst wertvollen Präparate zu loben begann, für eine kleine Weile nur noch gedämpft, wie durch einen halbmeterdicken Wattewall.

»Ich will hier raus«, hörte ich Judith in meinem Arm leise sagen, als meine Sinne wenigstens eine relative Schärfe zurückerlangt hatten. Ich stellte fest, dass Carl Ellen den Strahler wieder abgenommen und damit ziellos zwischen den Regalgängen in dem gewaltigen, runden Raum herumzuirren begonnen hatte. Judith trat unbehaglich von einem Fuß auf den anderen und klammerte sich ein wenig fester an mich.

»Wir sind ganz nah dran.« Carl dachte überhaupt nicht daran, zu uns zurückzukehren, sondern betrachtete in einer Mischung aus Unglauben, perverser Schaulust und Erregung immer neue Gläser mit präparierten Gliedmaßen, Köpfen, Augen und Organen, nahm einige sogar in die Hand und drehte sie, um sie von allen Seiten betrachten zu können, wobei ich bemerkte, dass er die kleine Waffe in den Hosenbund geschoben hatte, sie in unregelmäßigen, kurzen Abständen aber immer wieder in die Hand nahm und sie einen Augenblick in unsere Richtung hielt, um jeden Fluchtgedanken möglichst im Keim zu ersticken. Ich wollte nicht wissen, was geschah, wenn der Wirt ausrastete und in dieser grauenhaften Anatomiesammlung wild um sich zu schießen begann. »Clever waren die feinen Herren, das haben sie sich wirklich fein ausgedacht«, sagte der Wirt. »Meinen Respekt!«

Judith bedachte mich mit einem zweifelnden Blick, aber ich konnte nur hilflos den Kopf schütteln. Auch ich verstand nicht, worauf Carl hinauswollte, aber es interessierte mich auch eher begrenzt. Ich wollte weg von hier, ganz egal wohin, einfach nur hier heraus, und zwar sofort.

»Das ist die perfekte Tarnung. Darauf muss man erst einmal kommen!« Carl lachte hässlich, legte die Lampe für einen Moment auf einem Regal ab und griff mit beiden Händen nach einem großen Glaszylinder, der den Kopf eines wahrscheinlich vier- oder fünfjährigen Kindes enthielt. Ich konnte und wollte keine Details ausmachen, sondern schloss diese Erkenntnis lediglich aus der Größe des Kopfes, den der Wirt nun in dem Behälter zu drehen begann. »Gibt es ein besseres Versteck für Zahngold als ein Gebiss?« Carl grinste. »Da staunt ihr Bauklötze, was? Statt mit offenem Mund da herumzusabbeln, solltet ihr euch daran machen, die Dinger aufzubrechen. Ich bin sicher, das Zahngold der Nazis ist –«

»Du bist doch pervers!« Judith schrie fast.

»Ich denke eher, er hat den Verstand verloren«, wandte Ellen kopfschüttelnd ein. »Wenn er denn je einen hatte.«

»Es mag sein, dass meine akademischen Kenntnisse ein bisschen hinter den deinen herhinken.« Carl stellte den gläsernen Zylinder so energisch in das Stahlregal zurück, dass es schepperte und ich instinktiv den ohnehin nur flach gehenden Atem anhielt, gefasst darauf, dass der Behälter zerspringen und ein abgetrennter, kindlicher Kopf mit schreckensweit geöffneten Augen vor meine Füße kullern würde, aber er hatte Glück und das Glas brach nicht. »Bildung und Intelligenz sind zwei ganz verschiedene Schuhe, Frau Doktor Neunmalklug«, fuhr er die Ärztin an, wobei er Waffe und Taschenlampe wieder an sich nahm und beides zielgenau auf Ellen richtete. »Offenbar bin ich der Einzige, der wirklich verstanden hat, wieso diese so genannte Forschungssammlung hier überhaupt existiert.«

»Warum?« Ich glaube, ich fragte nur danach, weil ich meine eigene Stimme hören wollte, um sicherzugehen, dass ich noch in der Lage war zu sprechen, wenn ich mir nur ausreichende Mühe gab. Ich schaffte es zwar, aber dieses einzige Wort genügte auch, ein schmerzhaftes Kratzen in meinem Hals zu verursachen, das nur langsam wieder nachließ.

»Welcher normale Mensch geht nur einen einzigen Schritt weiter, wenn er ein solches Horrorkabinett betreten hat, hm?«, fragte der Wirt herausfordernd und hob eine Braue, als erwartete er, dass wir ihm in der nächsten Sekunde allesamt mit weit offen stehenden Mündern anstarren würden, fassungslos über seinen unschlagbaren Durchblick. »Das alles hier wurde doch nur gemacht, um jeden potenziellen Eindringling davon abzuhalten, weiterzugehen. Eine Anatomiesammlung in einem Labyrinth unter einer alten Burg – wie schrecklich … Das ergibt doch keinen anderen Sinn!« Mit dem Lauf der Pistole, der für den Augenblick wohl seinen anderweitig benötigten Zeigefinger der rechten Hand ersetzen sollte, tippte er sich dreimal kurz vor die Stirn. »Diese ganzen Perversitäten dienen ausschließlich dazu, Schatzsucher wie uns in die Flucht zu schlagen«, behauptete er.

Carl hatte seinen Schrecken überwunden und

das Blut war in sein Gesicht zurückgekehrt und verfärbte seine speckigen Wangen von innen heraus in ein fast leuchtendes, sattes Rosa. Winzige Schweißperlchen blitzten neben seinen Nasenflügeln in der Dunkelheit, und ich erwartete fast, dass er vor Erregung zu sabbern begann.

»Rein wissenschaftlich gesehen, ist das hier in der Tat eine Schatzkammer«, bestätigte Ellen zynisch. »Aber ich fürchte, nach Gold wirst du hier vergebens suchen.«

»Das ist keine Schatzkammer!«, fuhr ich schockiert auf. Jede einzelne Silbe kratzte erbärmlich in meinem Hals, und es kostete mich redlich Mühe, überhaupt zu sprechen, während ich doch nach wie vor um jeden Kubikzentimeter Sauerstoff, der meine Lungen erreichte, verbissen kämpfen musste. Aber ich kam nicht umhin, Ellens verdammter Oberflächlichkeit endlich Einhalt zu gebieten. Ich konnte es nicht mehr ertragen. Ich konnte *sie* nicht mehr ertragen! »Das ist ein Kabinett des Grauens, verstehst du! Kannst du dir mit deinen verfluchten Anatomiekenntnissen vielleicht in groben Zügen ausrechnen, wie viele Menschen dafür abgeschlachtet worden sind! Das hier ist keine wissenschaftliche Sensation, Ellen, sondern nichts als ein Dokument, wie erbärmlich und viehisch der Mensch sein kann, seinesgleichen so etwas anzutun. Hör auf so zu reden!«

Schlampe! Fast hätte ich dieses Wort noch angehängt, biss mir aber in letzter Sekunde noch auf die Zunge. Hier war definitiv nicht der richtige Ort zum Streiten, und mein verzweifelter, kurzer

Wutausbruch tat mir schon in diesen Sekunden wieder Leid.

Ellen wich, erschrocken über mein unerwartetes, heftiges Aufbegehren, einen Schritt beiseite und bedachte mich tatsächlich mit einem kurzen, schuldbewussten Blick, kehrte aber schnell zu ihrer Lieblingsrolle der arroganten Unfallschirurgin zurück, die nichts auf der Welt mehr beeindrucken oder gar erschrecken konnte. Sie schnaubte verächtlich, sagte aber nichts mehr, und selbst Carl schwieg auf einmal betreten und bedeutete uns mit einem Wink, die Tür zu Raum XIII anzusteuern.

Es wäre falsch gewesen zu behaupten, dass ich auf das Schlimmste gefasst war, als Ellen an mir vorbeitrat, die wuchtige Stahltür aufschob und Carl über ihre, Judiths und meine Schultern hinweg aufgeregt in den dahinter liegenden, stockfinsteren Raum hineinleuchtete; in den vergangenen Minuten hatte ich eine Erfahrung gemacht, die mich wahrscheinlich für den Rest meines Lebens begleiten und beeinträchtigen würde, nämlich die, dass man definitiv *nie* auf das Schlimmste gefasst sein konnte, da die eigene Vorstellungskraft, im Gegensatz zum Grauen an sich, irgendwo ihre Grenzen hatte. In diesem Fall aber übertraf das, was als grellbunter Clip vor meinem inneren Auge ablief, mit erheblichem Abstand die reale Ausstattung in dem eher tristen Raum, den ich mit zitternden Knien und rasendem Herzen Hand in Hand mit Judith betrat. Auf den ersten Blick befand sich darin nichts weiter als zwei altertümliche, klobig wirkende, mit fingerdicken Schrauben im Boden verankerte Generatoren. Auch Ellen hatte anscheinend Schrecklicheres zu entdecken befürchtet, denn ich hörte, wie sie erleichtert aufatmete. Schließlich trat sie mit drei, vier schnellen Schritten an die soliden Geräte heran. Sie klopfte gegen das stellenweise schon rostige Metall einer der Maschinen. Ein dumpfes Geräusch erklang, und die junge Ärztin runzelte nachdenklich die Stirn.

»Das Ding muss randvoll sein«, stellte sie fest.

»Und das in Zeiten, in denen es sich kaum ein Mensch noch erlauben kann, auch nur einmal voll zu tanken. Da soll noch mal einer behaupten, hier läge kein Schatz verborgen.« Carl blieb im Türrahmen hinter uns stehen, tastete den wuchtigen Generator mit dem Strahl seiner Lampe ab und ließ ihn schließlich an einem mit brüchigem schwarzen Gummi isolierten Starkstromkabel entlangwandern, das durch die Wand, in der die Tür eingelassen war, in Richtung der Forschungssammlung II verlief und auf der anderen Seite wieder heraustrat. Dort wand es sich wie ein hässliches Reptil unter der Decke der Anatomieausstellung entlang und verschwand irgendwo in der Finsternis des riesigen runden Raumes unter dem türenlosen Turm wieder im Putz. Bisher war es mir nicht aufgefallen – der Schrecken des Horrorkabinetts hatte mein Auge für gewisse Details sozusagen geblendet. Ich fragte mich, wohin dieses Kabel führen mochte und wozu man in einem Keller oder in einem alten Burgturm wohl zwei

Generatoren gebraucht hatte, die wahrscheinlich ausreichten, um einen ganzen Festivalplatz über Wochen hinweg vollständig zu versorgen, ohne sie auch nur ein einziges Mal nachzufüllen. Und wie viele Menschen man auf einen Schlag mit dem Elektrizitätsertrag einer einzigen dieser mehr als mannshohen Maschinen töten konnte.

Ich hatte keine Ahnung, *wie es denn gewesen war*, wozu diese Apparatur im so genannten Raum XIII gedient hatte, aber da war etwas, das gelegentlich aus den staubigen grauen Winkeln meines Unterbewusstseins auftauchte und sich wie ein scheues Tier wieder in seinen Bau zurückzog, sobald ich ihm meine Aufmerksamkeit zuwandte.

»Weiter!« Der Wirt scheuchte uns mit dem Lauf der Achtunddreißiger auf einen weiteren, rechts angrenzenden Durchgang zu, dessen Tür weit offen stand und ebenfalls schlicht mit einer Nummer, mit *Raum XIV*, gekennzeichnet war. »Wir sind ganz nah dran. Es können nur noch Sekunden sein, die uns von dem Schatz trennen, also los jetzt! Ich habe viel zu lange darauf gewartet!«

Ich begann mich dafür zu hassen, dass Carl noch lebte. Ich hatte viel zu viele Gelegenheiten verstreichen lassen, in denen ich ihn hätte überwältigen und mit seiner eigenen Waffe erschlagen oder mit bloßen Händen erwürgen können, zum Teufel noch mal. Er hatte zwischenzeitlich regelrecht vergessen gehabt, dass er sich drei Geiseln genommen hatte, die es permanent zu bewachen galt. Er hatte sich jedoch so sehr vom Schatzfieber mitreißen lassen, dass ich nichts anderes mehr hätte tun müssen, als ihm einen Schlag in den Nacken zu versetzen, der ihn zu Boden gehen ließ. Nun aber hatte er sich – und vor allen Dingen uns – wieder unter Kontrolle, und bei jedem Schritt, den ich vor den anderen setzte, konnte ich die Bedrohung, die von der Schusswaffe in der Hand dieses Wahnsinnigen ausging, nahezu körperlich in meinem Nacken spüren. Ich war ein Idiot, ein Feigling, ein Weichei; ganz genau das, was meine Schul- und Studiengefährten mich immerfort geschimpft hatten. Aber damals war es um die zweifelhafte Ehre gegangen, sich mit über zwei Promille Alkohol im Blut auf einem Skateboard an das letzte Abteil einer Straßenbahn zu klammern oder bei Minustemperaturen nackt durch die Innenstadt einschließlich der größtmöglichen Menge von Kaufhäusern zu sprinten, ehe die Polizei eingreifen konnte. Um solche und noch wahnsinnigere und waghalsigere Dinge, im jugendlichen Irrglauben, damit dem anderen Geschlecht zu imponieren, war es gegangen, als man beispielsweise sturztrunken auf Baugerüste kletterte und in luftiger Höhe Rockballaden grölte. Jetzt aber ging es vielleicht um Leben und Tod. Ich verspürte den Drang, mir selbst in den Hintern zu beißen, aber mein Hals war zu kurz, und außerdem ging es mir auch so schon beschissen genug, ohne dass ich meinen selbstzerstörerischen Bedürfnissen nachgab.

Der angrenzende, unwesentlich größere Raum musste einmal eine Werkstatt gewesen sein. Ein morscher hölzerner Hocker stand vor einer stählernen Werkbank, auf der allerlei weit überholt wirkendes Werkzeug zurückgeblieben war – klobige, unhandlich wirkende Gerätschaften, die sich aus der Perspektive des Hightech-Zeitalters nur noch mühsam als Bohrer, Lötkolben und Ähnliches identifizieren ließen. Es gab eine Unmenge von Zangen, Schraubendrehern, Engländern und anderem Handwerkszeug und außerdem ein fast die gesamte linke Wand einnehmendes, massivhölzernes Möbelstück, das mit seinen Dutzenden von Fächern und Schubladen an einen Apothekerschrank erinnerte, in welchem sich aber keine Medikamente, Kräuter und chemischen Substanzen häuften, sondern alte Keramikwiderstände, Sicherungen und bunte Kabel verschiedenster Art.

Für Ellen bedurfte es nur eines kurzen Blicks, um zwar ebenso wenig wie ich über den Zweck dieser Werkstatt urteilen zu können, zumindest aber das wahrscheinliche Alter der herumliegenden Instrumente, Gerätschaften und Zubehörteile zu bestimmen.

»Ganz fernab der Realität war unser graues Mäuschen mit seinen Spekulationen anscheinend doch nicht.« Sie trat an das Regal heran und drehte im langsam nachlassenden Licht der Taschenlampe einige kleine Teile prüfend zwischen den Fingern. »Das Zeug ist jedenfalls nicht aus Kriegszeiten. Diese Werkstatt muss noch bis weit in die Fünfzigerjahre hinein genutzt worden sein, möglicherweise noch länger.«

»Woher willst du das so genau wissen?« Judith schüttelte den Kopf. Zählst du das an der Dicke der Staubschicht ab? In Millimetern gemessen und umgerechnet?«

»Du hast ja keine Ahnung, womit man während seines Studiums an den Universitäten unseres Wohlstandslandes abgespeist wird«, entgegnete Ellen. »Gerade die Gerätschaften für Medizinstudenten sind zumeist hoffnungslos überholt. Ich erkenne Widerstände und Sicherungen aus den Fünfzigern, wenn ich sie sehe, Schätzchen. Oder glaubst du, der Bildungsminister hat uns einen Elektriker gestellt, wenn mal was kaputtgegangen ist?« Sie schüttelte den Kopf. »Ihr könnt euch kein Bild davon machen, wie beliebt die Physikstudenten in unseren Kreisen waren.«

»Das ist ungemein spannend«, fiel Carl gereizt ein und trat einen Schritt beiseite, um den Weg, den wir hierher gekommen waren, für uns freizugeben und auffordernd durch die offen stehende Tür zurück zur Anatomiesammlung zu blicken. »Hier geht es nicht weiter. Zurück zum anderen Eingang«, befahl er harsch.

Zu meiner zusätzlichen Verunsicherung stellte ich fest, dass die Batterien des Handscheinwerfers nicht mehr lange durchhalten würden. Ich bemühte mich um eine schnellere Gangart, was in Anbetracht meiner zitternden, butterweichen Knie nicht gerade einfach war. Es war schlimm genug, dass wir überhaupt durch dieses grauenhafte Labyrinth zu streifen gezwungen wurden – ich wollte mir nicht vorstellen, wie es sein würde, dies auch noch in vollkommener Dunkelheit zu tun.

Ellen drückte die Klinke der mit gotischen Lettern mit *Schallraum* beschrifteten, stählernen Tür nieder, von der wie von scheinbar allen anderen hier unten im alten Teil des Labyrinths graue Farbe abblätterte und stellenweise den Blick auf rostiges, nichtsdestotrotz durchaus solide wirkendes Metall freigab. Meine Blicke verharrten auf ihren Händen, folgten jeder noch so winzigen Bewegung ihrer Finger, ihres Armes, ihrer Beine, sogar der schwachen Bewegung ihrer feuerroten Haarsträhnchen in dem windstillen Gemäuer, nur, um mich auf irgendetwas abseits der Keramikwannen zu meiner Seite und der Exponatbehälter in den hohen Regalen, auf etwas *Lebendiges*, zu konzentrieren.

Die Tür führte in einen kaum besenkammergroßen, leeren Raum, an den eine steinerne, gekrümmte Treppe grenzte, die nach einer scharfen Biegung, die zurückzulegen der Wirt uns nicht eigens auffordern musste, über dem Anatomiemuseum in scheinbar schier unendliche Höhe ragte. Immer weiter in die Finsternis hinein, immer höher und immer rechtsherum im Kreis ... Mir schwindelte. Ich verlangsamte meine Schritte und kämpfte gegen das plötzliche verrückte Bedürfnis an, gleichzeitig nach oben zu rennen, weil ich aus irgendeinem Grunde das Gefühl hatte, es tun zu müssen, und nach unten zu flüchten, weil ich mir sicher war, dass ich diese Treppe nicht zurücklegen wollte, dass ich sie nicht hinaufgehen *durfte*. Obwohl ich nicht die geringste Ahnung hatte, wohin sie führte und was zum Teufel bloß ein Schallraum war, hatte ich das Gefühl, diesen Weg zu kennen, ihn schon mehr als einmal gegangen zu sein. Ich legte die steinernen, steil nach oben führenden Stufen in bewusst gleichmäßigen, eher langsamen Schritten zurück, und trotzdem verspürte ich bereits nach wenigen Augenblicken ein leichtes Stechen in meinen Seiten, als sei ich gerannt. Verunsichert wandte ich den Blick in Judiths Richtung, die noch immer meine Hand hielt und keinen halben Schritt hinter mir ging. Dabei stellte ich beruhigt fest, dass ihr Haar blond und ihre Augen blau waren, dass sie kaum jünger war als ich und ein paar Pfund zu viel auf den Rippen hatte. Natürlich. Hatte ich etwas anderes erwartet?

Miriam. Auf einmal schoss mir der Name des Mädchens wieder durch den Kopf. Miriam, das Mädchen, das sich von den Zinnen gestürzt hatte, das Kind aus meinen Träumen …

Ein eisiges Frösteln durchfuhr meinen Körper. Ich schüttelte mich kurz, versuchte so, es von mir zu werfen, wie ein nasser Hund, der sein Fell trocknete, aber es gelang mir nicht ganz, sodass ein kalter Hauch in meinem Nacken haften blieb.

Die Treppe war tatsächlich ziemlich lang, führte aber bei weitem nicht in so schier unendliche Höhe, wie ich befürchtet (zu wissen geglaubt?) hatte. Nach etwas mehr als zehn Höhenmetern endete sie vor einer halb geöffneten, modern wirkenden Holztür mit einem silberfarbenen Drehknauf. Wieder ergriff mich ein beklemmendes Gefühl, das an Furcht grenzte, während ich Ellen die letzten Schritte hinauffolgte. Ich hatte mich geängstigt, als wir uns nach dem Horrorkabinett der Forschungssammlung II der Tür zum so genannten Raum XIII genähert hatten, hatte befürchtet, dort auf noch Schlimmeres zu stoßen. Nun war es anders: Ich befürchtete nicht, etwas Entsetzliches sehen oder erleben zu müssen, wenn ich meine Füße über die Schwelle dessen setzte, was der Schallraum sein musste, ich *wusste*, dass es so sein würde. Das, was ich in diesen Sekunden empfand, reichte weit über eine bloße Ahnung hinaus. Wenn man wie ich erst einen Zahnarzt aufzusuchen bereit war, wenn es längst zu spät war, dann kannte man dieses Gefühl, im Wartezimmer zu sitzen und nicht bloß zu erahnen, welche Dentalfolter hinter der nächsten Tür warten mochte, sondern sich den zu erwartenden Schmerz an den Löchern in den Weisheitszähnen, die man mit der Zunge ertasten konnte, mit großer Sicherheit ausrechnen zu können. So in etwa fühlte ich mich in diesem Augenblick. Nur war die Dimension eine ungleich größere. Hinter dieser Tür lauerte etwas nicht in Worte Fassbares, etwas unsagbar Entsetzliches auf mich.

Auf *uns*, wies ich mich in Gedanken zurecht und schloss meine Hand etwas fester um Judiths Finger. Ich musste sie beschützen. Was auch immer passierte, ich würde nicht zulassen, dass ihr etwas zustieß, dass man ihr etwas zuleide tun würde. Es war ein Unding, dass sie mir erst hier und unter den grausamsten aller denkbaren Umstände begegnet war. Aber das änderte nichts daran, dass sie die Frau war, auf die ich mein halbes Leben lang gewartet hatte – falsch: Sie war ein Mensch, wie ich ihm niemals zu begegnen gehofft hatte, weil ich im Traum nicht daran gedacht hätte, dass ein Mädchen wie sie existieren könnte – ein Mädchen, dem ich aus irgendeinem Grund vertraute, ohne dieses Vertrauen zu hinterfragen; ich, der Beziehungsversager, der einfach nicht in der Lage war, sich einem anderen Menschen hinzugeben, sich selbst loszulassen und sich von seinen Gefühlen treiben zu lassen. Mit ihr verband mich etwas, das ich nicht beschreiben konnte, das ich aber nie wieder verlieren wollte. Eher würde ich für sie sterben, ein einziges Mal in meinem Leben meine gottverdammte Feigheit überwinden und ein Held für sie sein, wenn ich sie nicht anders zu schützen vermochte vor dem, was auch immer hinter dieser Tür, überhaupt noch in dieser schrecklichen Nacht, in meinem ganzen Leben, auf uns warten mochte.

Ellen betrat den Raum nicht sofort, sondern verharrte mit dem kugelförmigen Knauf in der Hand und blickte verunsichert über die Schulter zu uns zurück. Auch Judith und Carl, zu dem ich mich umwandte, um einen halben Atemzug Gnadenfrist zu schinden, stand deutlich eine erhebliche Anspannung ins Gesicht geschrieben. Ich war nicht der Einzige, der es spürte. Die Gewissheit vermochte mich nicht ruhiger zu stimmen, ließ mich aber wenigstens wissen, dass ich nicht gänzlich irrsinnig war, sondern nur das Gleiche empfand wie alle anderen auch. Etwas Kaltes, Bedrohliches lag in der Atmosphäre des unheimlichen Burgturmes, etwas, das mit jedem Schritt in die Höhe zugenommen hatte und sich nun unmittelbar vor dem Durchgang zum Schallraum zu etwas fast Greifbarem ballte, zu einem unsichtbaren, zähnefletschenden Ungeheuer, dessen Tentakeln die Treppe hinabreichten und dessen weit aufgerissenes, sabberndes Maul den halben Raum hinter der Tür ausfüllte. Ich verspürte ein dumpfes, schmerzloses Pochen hinter meiner Stirn. Es tat nicht weh, fühlte sich aber durch und durch unangenehm an. Ich spürte genau, wo der Schmerz in absehbarer Zeit erneut aufflackern würde, konnte ganz genau fühlen, wo der verdammte kleine Alien, der in dieser Nacht so oft und mit so viel Leidenschaft an der Innenseite meiner Schädeldecke geschabt hatte, sich bald wieder zu schaffen machen würde, als hielte er einen Stift, mit dem er sich schon einmal die entsprechenden Bereiche rot schraffierte.

»Nur zu!« Plötzlich war die Anspannung des Wirtes wieder verflogen und machte dem Goldfieber Platz, das seinen Verstand nun völlig zu vereinnahmen schien. »Das muss das Schatzversteck sein.« Dann erlitt er einen spontanen Anfall von Großmut, in dem er in einigen Schritten Abstand auf der steilen, steinernen Treppe ansatzweise eine Verbeugung mit seinem ungelenkigen, übergewichtigen Oberkörper vollführte. »Und weil ihr mir so treue Dienste geleistet habt«, säuselte er, »erkläre ich mich hiermit hochoffiziell bereit, mein Erbe mit euch zu teilen. Fünfundzwanzig Prozent für euch, zwei Drittel für mich. Aber bei einem Vermögen dieses Ausmaßes seid ihr auch mit läppischen fünfundzwanzig Prozent durch drei schon gut dabei, daran habe ich keinen Zweifel.«

Nicht nur ich, sondern auch die beiden Frauen verkündeten dagegen mit Blicken erhebliche Zweifel an der Funktionstüchtigkeit seines Gehirns, aber niemand machte eine entsprechende Andeutung in die Richtung, dass der dicke Wirt zumindest sein mathematisches Verständnis irgendwo in dem Labyrinth unter der Burg verloren haben musste. Unser Unwohlsein, in meinem Falle gar die Angst, war einfach zu übermächtig, um sich den Kopf über den sichtbar dahinschwindenden Intellekt eines Menschen zu zerbrechen, der wahrscheinlich nicht nur uns, sondern wohl auch dem ganzen Dorf, wenn nicht dem Rest der Welt völlig gleichgültig war, hatte er doch selbst darauf geschworen, dass niemand sich um ihn sorgen würde, wenn er seine Kneipe tagelang nicht öffnete.

Die Ärztin schob die Tür auf, verharrte einen letzten, zögerlichen Augenblick auf der Schwelle und wurde in der nächsten Sekunde von einer Finsternis verschluckt, wie sie vollkommener nicht vorstellbar war. Der ohnehin abgeschwächte Lichtkegel des Scheinwerfers, so erschien es mir, vermochte die Dunkelheit hinter der hölzernen Tür kaum zu durchbrechen – für einen kurzen

Moment hatte ich den verrückten Eindruck, dass der Lichtstrahl an der Grenze zwischen Treppenabsatz und Durchgang erschrocken innehielt und eilig in das winzige, glühende Drähtchen, dem er entsprungen war, zurückkehrte, doch es war nur eine weitere irrwitzige Täuschung, die meine gestressten Sinne mir vermittelten. Tatsächlich war es schlichtweg so, dass die Batterien zunehmend schwächer wurden, Judith und ich den größten Teil der matten Helligkeit mit unseren Körpern verdeckten und Carl zudem allem Schatzfieber zum Trotz nur zögerlich zu uns aufschloss. In der ersten Sekunde war er noch immer gute drei oder vier Meter von uns entfernt, als Ellen schon im Raum verschwunden war. Dann drängte er uns, der Ärztin zu folgen, und ich gab mir einen wahrscheinlich sichtbaren Ruck und zog Judith mit mir die letzten dunkelgrauen Steinquader hinauf, aus denen die ausgetretene, steile Turmtreppe gebaut war, und in den Raum hinein, der auf dem ersten Plateau, auf schätzungsweise halber Höhe des gedrungenen Bergfrieds lag.

Ich weiß nicht, warum es das Erste war, was mir auffiel, obwohl ich den Kopf um fast neunzig Grad nach rechts drehen musste, um es festzustellen – wahrscheinlich war der Umstand auf den verzweifelten Versuch zurückzuführen, um jeden Sekundenbruchteil, den ich vom Anblick des finsteren Raumes verschont blieb, zu kämpfen. Jedenfalls war die massive Holztür, die Ellen aufgestoßen hatte, an ihrer Innenseite mit gestepptem, dunkelrotem Leder gepolstert, auf dem in gleichmäßigen Abständen goldfarbene Nieten im schwachen Schein der Lampe so hell aufblitzten, dass sie meine Augen fast blendeten. Ihr gegenüber entdeckte ich eine identische, ebenfalls relativ neuwertige oder extrem gut erhaltene Tür wenige Schritte weiter am Ende eines schmalen, fensterlosen Ganges.

Mehr gab es nicht zu sehen. Keine Tentakeln schwingenden, Seelen fressenden Ungeheuer, keine halb verwesten, zombieartigen Horrorgestalten in zerrissenen weißen Kitteln, nichts. Dennoch ersparte ich es mir, erleichtert aufzuatmen. Was nicht war, das konnte schließlich noch werden. Ellen hatte, ohne eine entsprechende ungehaltene Aufforderung Carls abzuwarten, bereits die zweite Tür angestrebt und schob sie nun ohne jegliches Zögern auf. Vielleicht hatte sie ja Angst, die Überwindung, die es sie gekostet hatte, diesen kaum mehr als drei Meter langen Gang zu betreten, kein zweites Mal aufbringen zu können, sobald sie erst einmal innehielt.

Mir fiel auf, dass weder die erste noch die zweite Tür gequietscht oder auch nur leise geknarrt hatten, als die Ärztin sie öffnete. Ich hätte ein qualvolles Ächzen erwartet oder ein erbärmliches, in den Ohren schmerzendes Quietschen, mit dem sie dagegen protestierten, nach mehr als einem halben Jahrhundert aus ihrem Dornröschenschlaf gerissen zu werden. Doch die Türen bewegten sich lautlos, geradezu geschmeidig, in ihren Angeln wie frisch geölt, und mein Eindruck, dass jemand sie noch bis vor kurzem gepflegt hatte, verstärkte sich so sehr, dass er an eine Gewissheit grenzte, der ich mich noch strikt verweigerte. Dass dieser Turm noch immer von irgendjemandem genutzt wurde, hätte bedeutet, dass nach wie vor Menschen mehr oder weniger regelmäßig durch das Horrorkabinett der Forschungssammlung streiften und dieses grausame Dokument aus der Zeit des Zweiten Weltkrieges unter Verschluss hielten, ja es demnach möglicherweise sogar guthießen. Es hätte bedeuten können, dass dieser Keller mit all den schrecklichen Geheimnissen, die er vielleicht noch barg, unter Umständen sogar noch zu ähnlichen Zwecken genutzt wurde, zu denen er ausgebaut worden war. Diese Vorstellung war mir zu grausam, daher beschloss ich, dass der herausragende Zustand der schweren Holztüren irgendwie mit dem Formalin zusammenhing, welches ich mir noch hier oben im Turm riechen zu können einredete. Gut: Die Stahltüren im Anatomiesaal waren nicht von den Zeichen der Zeit verschont geblieben, aber das konservierend Wirkende aus der streng riechenden Flüssigkeit konnte ja durchaus gasförmig und leichter als Luft sein, sodass es hier hinaufgestiegen war und Leder, Holz und Metall gewissermaßen haltbar gemacht hatte. Wenn man so wenig Ahnung von Chemie hatte wie ich, konnte man sich so etwas durchaus irgendwie glaubwürdig reden. Und wenn man nur annähernd so verzweifelt war, sah man auch getrost über den Umstand hinweg, dass die mit *Schallraum* beschriftete Stahltür in dem runden Saal unter dem Turm fest verschlossen gewesen war, als wir dort angekommen waren. Und dass das Eisengeländer der schmalen, stählernen Rampe, die an die zweite Tür grenzte, so stark von Rost zerfressen war, dass ich befürchtete, mir die Handinnenflächen an den unzähligen, scharfkantigen Löchern zu zerschneiden, wenn ich den Fehler beging, mich an ihm festzuhalten. Dennoch trat ich, wie Ellen wenige Augenblicke zuvor, zielstrebig darauf zu. Ich fürchtete mich noch immer erbärmlich vor irgendetwas, was ich nach wie vor nicht benennen konnte, das aber ganz sicher da war und sich mit jeder Sekunde gegenwärtiger, körperlicher anfühlte. Ich spürte einen schwachen, aber eisigen Hauch, der zunahm, je weiter ich mich auf der steil nach oben führenden Rampe weiterbewegte. Trotzdem übte die runde Plattform, der ich mich im unbeständigen, tiefschwarze Schatten werfenden Licht näherte, eine Art magischer Anziehungskraft auf mich aus, die stärker war als meine Angst und der ich mich nicht zu widersetzen vermochte. Nicht um Verletzungen zu vermeiden, sondern in einer nahezu ehrfürchtigen Geste glitten meine Fingerspitzen über die vom Rost ganz rauen Handläufe des Geländers.

Der unstet wandernde Kegel des an Judith und mir vorbeileuchtenden Handscheinwerfers tauchte den Rundsaal, an den die Rampe grenzte, in gespenstisch blasses, staubiges Licht. Dennoch erkannte ich eine Gruppe von sechs klobig wirkenden Stühlen, die auf der steinernen Plattform im Kreis angeordnet waren, sodass man in die Mitte des Raumes blicken musste, welchen Platz auch immer man einnahm. An den Armlehnen und Stuhlbeinen waren breite schwarze Lederriemen angebracht worden, mit denen man zweifellos auch die Arme und Beine des stärksten Mannes sicher fixieren konnte. Mit einem Gefühl eigenartigen, passiven Schreckens bemerkte ich, dass ebenso an den Rückenlehnen derartige Riemen angebracht waren, mit denen man wohl den Kopf des Sitzenden in aufrechter Haltung befestigen konnte. Außerdem befanden sich kleine, hölzerne Kisten zwischen den Stühlen, in die von jedem Sitzmöbel aus jeweils ein ganzer Wust von verschiedenfarbigen Kabeln führte.

Der unstet wandernde Lichtkegel enthüllte immer mehr Details der ebenso obskuren und hoffnungslos überholten wie auch erschreckenden Technologie. Schwere Stromkabel hingen von der steinernen Decke in den Raum herab, außerdem ein altertümlicher Flaschenzug mit einem rostigen Haken, der unangenehm an einen ausgedienten Fleischerhaken erinnerte. Ringsum waren auf Höhe der Plattform mächtige, mehr als mannshohe Lautsprecher an die Wand des Rundsaales montiert, allesamt zur Mitte der Plattform hin ausgerichtet.

Mein Verstand brüllte mir regelrecht zu, einen diskreten Abstand zu der seltsamen Einrichtung einzuhalten, keinen Schritt weiterzugehen und stattdessen herumzuwirbeln und endlich diesen aufgeschwemmten Drecksack hinter mir zu überwältigen, ihm die Waffe zu entwenden und mit

Judith die Flucht zu ergreifen. Doch mein Wille hatte keinen Zugang zu meinem Körper. Wie von fremder, übermächtiger Hand gesteuert, lösten sich meine Finger aus denen Judiths, und meine Beine trugen mich zielstrebig an Ellen vorbei auf den zweiten Stuhl links der Rampe zu. Während meine Vernunft kollabierte und sich hechelnd in einem unzugänglichen Teil meines Bewusstseins verkroch, ließ ich mich auf der Sitzfläche nieder und bemerkte erst jetzt, wie disproportional das alte Möbelstück war – ganz so, als sei es nicht für einen Erwachsenen gefertigt worden, sondern für ein Kind, bestenfalls für einen Teenager. Die Sitzfläche war einen Deut zu niedrig, um bequem zu sein; um sie mit dem Gesäß zu erreichen, musste ich die Knie anwinkeln. Meine Hände tasteten über die etwas zu dicht an meinem Körper anliegenden Lehnen. Eine raue Stelle im brüchigen Holz ließ mich stutzen. Ich kniff die Augen zu einem konzentrierten Spalt zusammen und versuchte im nun erregt hin und her huschenden Lichtstrahl zu erkennen, was meine Fingerspitzen ertastet hatten. Es dauerte eine kleine Weile, aber schließlich erkannte ich ein undeutliches, krakeliges F, das aussah, als hätte jemand es mit dem Fingernagel der rechten Hand in die hölzerne Lehne geritzt. F wie Frank. Frank Gorresberg.

Auf einmal begannen die Fingerkuppen meines Zeige- und Mittelfingers der rechten Hand zu brennen, als sei die Haut an ihnen wund gescheuert und die Nägel gebrochen. Trotz des unangenehmen, leichten Schmerzes begann ich, den

Buchstaben mit den Fingernägeln nachzufahren, ihn noch tiefer und deutlicher in das mittlerweile weiche, morsche Holz hineinzuschaben. Wieder überkam mich das quälende Gefühl, dass es nur ein einziger winziger Mosaikstein war, der mir fehlte, um ein längst vergangenes Bild des Schreckens in meinem Unterbewusstsein zu vervollständigen und mir zugänglich zu machen. Der pelzige Belag auf meiner Zunge und in meinem Rachen schien auf einmal gänzlich auszutrocknen und an meinen Schleimhäuten wie mit einem Drahtschwamm zu scheuern, und meine Kehle fühlte sich wieder an, als hätte jemand seine unsichtbaren Hände fest um meinen Hals geschlossen. Ich konnte noch niemals hier gewesen sein, das war vollkommen unmöglich. Dennoch war ich mir plötzlich absolut sicher, dass ich derjenige gewesen war, der diesen Buchstaben in das Holz geritzt hatte. Für einen winzigen Augenblick glaubte ich meine Hand schrumpfen zu sehen, bis sie klein, schmal und feingliedrig war wie die eines Kindes. Voller Schrecken beobachtete ich, wie sie sich, blutig geschürft, blass und so verkrampft, dass sich die kindlichen, dünnen Venen wulstig auf dem Handrücken abzeichneten, um die Armlehne schloss. War es möglich, dass ich schon einmal hier gewesen war? Wenn nicht in diesem Leben, dann vielleicht in einem anderen, in dem mein Vorname rein zufällig auch mit einem F begonnen hatte, oder war ich möglicherweise –

»Seht euch das mal an!« Ellens Stimme riss mich abrupt aus meinen Gedanken. Verflucht! Ich war so nah dran gewesen! Nur noch wenige Augenblicke, und ich hätte den letzten Puzzlestein eingesetzt, der mir fehlte, das Bild zu vervollständigen, das die Antwort auf alle Fragen bot. Nun aber zerprang es in Millionen kleiner, in die verschiedensten Richtungen hinweg fliegender Teilchen zu einem unüberschaubaren grauschwarzen Durcheinander, welches zu sortieren ein Ding der Unmöglichkeit war. Wenigstens gehorchten meine Muskeln und Gelenke mir wieder, sodass ich mich ruckartig und von plötzlichem Ekel vor dem klobigen Stuhl und irgendwie auch vor mir selbst erheben und an die Seite der Ärztin treten konnte. Sie stand mitten auf der seltsamen stählernen Rampe und hatte sich so weit vornüber gebeugt, dass ich mich bereithielt, sie im Zweifelsfall zu packen und zurückzureißen, falls sie das Gleichgewicht zu verlieren und zu fallen drohte. Carl trat an das rostige Geländer, das die runde Plattform zu unserer Seite hin einfasste, und leuchtete mit dem mittlerweile flackernden, blassen Strahl der Taschenlampe in die auf den ersten Blick unendlich erscheinende Tiefe unter der eigenartigen Brücke hinab, und auch Judith drängte sich neugierig zwischen Ellen und mich und folgte dem Lichtschein mit konzentrierten Blicken und in nachdenkliche Falten gelegter Stirn.

Etwa acht Meter unter uns erstreckte sich der Boden der Turmkammer, der mit etwas Dunklem, leicht Glänzendem ausgefüllt war, das ich im ersten Augenblick für eine zähe Flüssigkeit hielt (Menschen fressendes, hochgradig ätzendes

Monstersekret, wenn es nach dem Irrwitz meiner Fantasie ging, die die Angst in mir bis heute Nacht unbekannte Dimensionen trieb), sich tatsächlich aber als gummierter schwarzer Stoff erwies, der sich seltsam zur Mitte hin wölbte und mit dem noch tiefdunkleren, etwa einen Meter durchmessenden Kreis in seinem Mittelpunkt an ein riesiges, finsteres Auge erinnerte.

»Was ist das?«, flüsterte ich in unsicherem, aber auch ein wenig beeindrucktem Tonfall. Ellen hob hilflos die Schultern.

»Das ... das ist der größte Basslautsprecher, den ich je gesehen habe«, stammelte Carl, dessen Goldfieber für einen kurzen Augenblick von Ehrfurcht verdrängt wurde. Langsam ließ er den Strahler über den glänzenden Stoff und schließlich an der Innenwand des unheimlichen Turmes nach oben wandern, bis er ihn schließlich auf einem kleinen, kugelförmigen Gegenstand verharren ließ, der etwas mehr als drei Meter über dem ersten Plateau mit seinem seltsamen Stuhlkreis angebracht war. Der Wirt drehte sich langsam im Kreis, und der schwache Lichtkegel schälte in gleichmäßigen Abständen immer mehr der kleinen Lautsprecher aus der Finsternis, die schräg über unseren Köpfen, dicht unter der Decke, rund um die gesamte Plattform angebracht worden waren. Sie alle waren auf das Zentrum des Plateaus ausgerichtet wie ihre wuchtigen, gut und gerne zwei Meter hohen großen Brüder.

»Hochtonlautsprecher mit Kalottenmembranen«, murmelte Carl halblaut, was mein große

Konzerte und viel zu laute Musik gewöhntes Hirn längst erkannt und nur noch nicht in sinnvolle Silben verpackt hatte. »Seht euch das nur an. Die Lautsprecher sind alle unterschiedlich groß. Das sind Tief-, Mittel- und Hochtöner. Irgendein Freak hat sich hier die absolut abgefahrenste Anlage aufgebaut, von der ich jemals gehört habe.« Er schüttelte beeindruckt den Kopf und drehte sich ein weiteres Mal auf der Stelle im Kreis, um die Lautsprecher zu bestaunen. »Hier sitzen, einen Joint rauchen und Pink Floyd ›The Wall‹ hören – das muss das Elysium sein. Das ist ...«

Der Wirt stutzte. Dann stürzte er plötzlich auf die nächstgelegene der kleinen Kisten neben den Stühlen zu, ließ sich daneben auf die Knie fallen und bedeutete Ellen mit einem energischen Wink, ihm zu folgen. Als sie ihn erreicht hatte, drückte er ihr mit einer hektischen Bewegung den Strahler in die Hand.

»Leuchte gefälligst hinein, du Medizinerschlampe!«, fauchte er und öffnete die kleine Kiste neben dem bedrohlich wirkenden Holzstuhl.

»Hast du deinen Schatz endlich gefunden?«, fragte Judith spitz und trat auf die beiden zu. Ich folgte ihr.

Der Wirt fuhr mit einem Ruck auf und richtete Marias Pistole drohend auf ihre Stirn. »Noch ein Wort und ich blase dir dein verficktes Gehirn aus dem Schädel, du Flittchen.« Er deutete mit der freien Hand auf die Kiste zu seinen Füßen. »Weiß einer von euch, was das ist?«, fragte er. »Zu der Megastereoanlage hier gehört das jedenfalls nicht!«

Zumindest ich wusste es nicht, konnte mir aber durchaus vorstellen, dass der kleine Kasten, in dem verschiedene Zeiger hinter einer Glasscheibe wohl dazu dienten, irgendetwas zu messen, durchaus Teil des Mischpultes einer Stereoanlage darstellten.

»Das ist die Headbox eines EEG«, antwortete Ellen sachkundig.

»Wie bitte?« Carl schüttelte verwirrt den Kopf.

»EEG oder auch Elektroenzephalograph«, wiederholte Ellen mit eisiger Stimme. »Und das da vorne«, sie deutete auf das kunterbunte Kabelgewirr, das vom Stuhl zur Kiste führte, »die dünnen Kabel mit den Elektroden, das sind Messelektroden, die man einem Patienten mit leitfähiger Elektrodenpaste auf die Stirn und andere Körperpartien setzt.«

Zwei, drei Atemzüge lang starrte der Wirt die junge Ärztin mit weit heruntergeklapptem Unterkiefer an, dann zwang er sich zu etwas, das wohl ein Lächeln hätte werden sollen. »Die scheinen hier ja verdammt abgefahrene Musik gehört zu haben«, sagte er.

Verdammt abgefahrene Musik, hallten seine Worte in meinem Kopf wider. Der letzte Mosaikstein ... Alles war wieder zum Greifen nah. Dieser Ort hier war gefährlich, er war ...

Ich hatte das Gefühl, verzweifelt gegen einen schier unüberwindlichen Wall in meinem Gedächtnis anzustürmen. Da war etwas, was ich über diesen Raum, über die gesamte Burg, wissen sollte, etwas ungemein Wichtiges ... Warum konnte ich mich nicht daran erinnern? Ich konnte die Informationen, die in meinem Unterbewusstsein lagerten, mit allzu entschiedener Deutlichkeit sehen. Aber ich konnte sie nicht *erkennen.*

Unwillkürlich musste ich an einen Zeitungsartikel denken, den ich aus lauter Langeweile während meiner Anreise im Zug gelesen hatte. Eine Reportage über die Fähigkeit von Kindern, schreckliche Erinnerungen an traumatische Erfahrungen gänzlich aus dem aktiven Bewusstsein auszublenden. War ich vielleicht wirklich schon einmal hier gewesen? Ich konnte mich an viele Internate erinnern, die ich in meiner Kindheit und Jugend besucht hatte, und Burg Crailsfelden befand sich definitiv nicht darunter. Vielleicht, weil mein Gedächtnis mich vor irgendetwas zu schützen versuchte, indem es sich weigerte, sich darauf zu besinnen, warum mir dieser unheimliche Turm so schrecklich bekannt vorkam?

»Auch wenn die Technologie aus heutiger Warte betrachtet vorsintflutlich ist«, schwadronierte Ellen düster. »Diese Headboxen hier sind ganz eindeutig nicht aus dem Dritten Reich. Ich schätze, diese Geräte sind irgendwann in den Achtzigern hier eingebaut worden.« Wahrscheinlich war es einfach ihre Art, über etwas, in dem sie sich auskannte, zu reden, um gegen die Angst anzugehen, die sie empfinden musste, während sie in die Pistolenmündung starrte, die Carl nun schussbereit auf sie gerichtet hielt. Ihr musste durchaus bewusst sein, dass wir mit dieser Information ausreichend versorgt waren, aber die Ärztin redete einfach vermeintlich fachkundig und mit durchaus fester Stimme weiter. Mir sollte es recht sein. Wenn ich sie unten in der Anatomiesammlung auch für ihre verdammten, knochentrockenen Erläuterungen hätte umbringen können, war es mir in diesem Augenblick wieder lieber so, als dass sie vielleicht ein weiteres Mal in dieser Nacht die Kontrolle über sich verlor und ausklinkte, was in Anbetracht der scharfen Schusswaffe in der Hand des Wirtes durchaus dramatische Folgen hätte haben können. »Das Hauptgerät scheint gar nicht hier in der Turmkammer zu sein«, stellte sie mit einem prüfenden Blick, den sie durch den großen Raum schweifen ließ, fest. »Durch das Hauptgerät mit dem angeschlossenen Schreibsystem werden die Messsignale zur Auswertung auf Papier übertragen. Die Headbox hier ist lediglich ein Differenzverstärker, der neben den EEG-Signalen von etwa zehn Mikrovolt auch die Störspannungen im Raum misst und sie eliminiert.« Sie deutete mit einem Nicken auf die nächstgelegenen Lautsprecher. »Wenn diese Anlage aufgeschaltet wird, müssen die Störspannungen hier im Turm gewaltig sein. Ich frage mich …«

Plötzlich durchfuhr ein heftiges, schmerzhaftes Stechen meine Schläfen, das sich binnen weniger Sekunden in ein qualvolles, immer weiter ansteigendes Hämmern steigerte. Von einem Augenblick zum nächsten begannen meine Augen zu brennen, als hätte sich meine Tränenflüssigkeit in eine ätzende Säure verwandelt. Aber mein Leid war nicht der Grund, weshalb die Ärztin mitten im Satz abgebrochen hatte und plötzlich vor Schreck erstarrt war. Wie durch einen Schleier erkannte ich, dass sie deutlich zu zittern begann und dem leisen, dumpfen Dröhnen lauschte, das beständig mit meinen Kopfschmerzen anstieg, bis der steinerne Boden unter unseren Füßen nach wenigen Augenblicken leicht zu vibrieren begann. Das Geräusch musste aus der riesigen Bassbox am Boden des unheimlichen Burgturmes stammen.

»Raus hier!«, entfuhr es Judith entsetzt. Sie griff nach meiner Hand und wollte mich mit sich zurück auf die Rampe und Richtung Ausgang ziehen, aber der Schreck und der übermächtige Schmerz lähmten meine Glieder. Zwei, drei Sekunden lang zerrte sie verzweifelt an meinem Handgelenk, ließ mich schließlich los und sprintete in heller Panik allein auf die hölzerne Tür zu.

Der Wirt wirbelte wutschnaubend zu ihr herum und zielte mit der Pistole in ihre Richtung. »Ich lass mich von euch nicht verscheißern!«, fluchte er und entsicherte die Waffe. »Mich voll labern und dann abhauen! Nicht mit mir!«

Er würde schießen! Der Schmerz trübte meinen Blick und verzerrte den Klang seiner Stimme in meinen Ohren. Es verging weniger als eine Sekunde, die der Wirt benötigte, um tatsächlich abzudrücken, aber ich nahm sie wahr, wie in Zeitlupe betrachtet. Dieses fette Dreckschwein wollte auf meine Judith schießen!

Der Schmerz war binnen kürzester Zeit auf einen Pegel angestiegen, an dem er mir einmal mehr das Bewusstsein zu rauben drohte, und trotzdem schaffte ich es irgendwie, mich mit einem einzigen, mächtigen Satz auf den übergewichtigen Althippie zu werfen und ihn mit meinem Körpergewicht zu Boden zu reißen; die Angst um Judith verlieh mir schier unglaubliche Kräfte. Ich hatte mir geschworen, mein Leben im Zweifelsfall für sie zu opfern, einen Eid vor mir selbst darauf abgelegt, dass ich ihr ein Held sein würde, wenn irgendjemand ihr etwas zuleide tun wollte, und wenn es das letzte Mal war, dass ich Gelegenheit dazu bekam. Nun war ich bereit, diesen Schwur einzulösen.

Ich schleuderte den Wirt durch die Wucht meines Aufpralls schräg zur Seite weg und landete schmerzhaft auf dem harten Boden neben ihm. Ein Schuss, der mir das Gefühl gab, dass mein Kopf augenblicklich in Abermillionen winziger Hautfetzen, Knochensplitter und Gewebeteilchen zersprang – so wie in meiner Imagination das Haupt des Rechtsanwaltes am vergangenen Tag in der »Taube« explodiert war –, löste sich aus der Achtunddreißiger und zeitgleich erklang ein schier unerträgliches, hässliches Rauschen, offenbar aus allen im Turm angebrachten Lautsprechern gleichzeitig. Der gewaltige Basslautsprecher acht Meter weit unter meinen Füßen gab ein knirschendes, kratzendes Geräusch von sich, das mir nun zusätzlich zu dem Übelkeit erregendes Hämmern unter meiner Schädeldecke das widerliche Gefühl vermittelte, dass mir unter nicht vollständig ausreichender örtlicher Betäubung das

Muskelfleisch von den Knochen geschält wurde. Dann ertönte leiernd, wie von einer uralten Schellackplatte abgespielt, Musik aus den unzähligen großen und kleinen Lautsprechern.

»... *unsere beiden Schatten sah'n wie einer aus ...«*

Ich wälzte mich auf den Rücken und robbte keuchend ein Stück weit von der nächstgelegenen Box ins Zentrum des Raumes, doch die Lautstärke und Intensität der Musik änderten sich keinen Deut, ganz egal, wohin auf diesem Plateau ich auch zu flüchten versuchen würde. Gehetzt wie bei einem Beutetier irrte mein Blick wild suchend durch den Raum.

»... *dass wir so lieb uns hatten, das sah man gleich daraus ...«*

Schwer atmend presste ich die Hände gegen die Schläfen, als könnte und müsste ich meinen Schädel, der sich anfühlte, als würde er dem schrecklichen Druck nicht mehr lange standhalten, tatsächlich mit aller Kraft zusammenhalten – dabei war die Musik noch nicht einmal sonderlich laut, beachtete man den Umstand, dass ich daran gewöhnt war, auf Rockkonzerten in der ersten Reihe zu stehen. Es war nicht die Musik selbst, die verantwortlich war für den grauenhaften Schmerz hinter meiner Stirn, sondern etwas, was sie mit sich brachte. Irgendetwas verbarg sich in ihr, zwischen den leiernd durch den Raum schallenden Zeilen und Akkorden, etwas, das den sadistischen Alien in meinem Kopf wie ein Anabolikum zu Höchstleistungen antrieb.

Ich musste hier raus! Mit mehr entschiedenem Willen als tatsächlicher Kraft schaffte ich es, mich auf die Füße aufzurichten, aber nur, um sofort von einer neuerlichen, noch heftigeren Schmerzwelle erfasst, sofort wieder in die Knie zu brechen. Grelle, bunte Pünktchen blitzten vor meinen Augen auf, und heiße Tränen rannen wie Sturzbäche über meine plötzlich eiskalten Wangen. Nicht jetzt, flehte ich ein verzweifeltes, stummes Gebet. Ich durfte nicht schon wieder ohnmächtig werden. Nicht hier, verdammt noch mal!

Ich wusste, dass ich vergebens betete. Ich nahm gerade noch wahr, dass auch Ellen und Judith sich in rasender Furcht und unter schrecklichen Schmerzen die Hände gegen die Stirn pressten. Lediglich Carl, der sich schnell wieder aufgerichtet hatte, schien unberührt zu bleiben von der leiernden Schallplatte und dem unerträglichen Rauschen der Lautsprecher. Einen Augenblick lang maß er die beiden Frauen und mich mit einem teils erschrockenen, teils zweifelnden Blick, dann nahm sein Gesicht den entsetzten Ausdruck des Erkennens an und er wandte sich schreiend zu einer kopflosen Flucht.

Ich fiel vornüber und hatte den Kampf um mein Bewusstsein verloren, noch bevor ich mit dem Gesicht auf dem harten Steinboden aufschlug.

Dieses Mal katapultierte die Ohnmacht mich nicht unverzüglich auf das oberste Plateau des unheimlichen, türenlosen Turmes, sondern in das stark nach Waschmittel und Wäschestärke riechende, schmale Bett des Internatszimmers, in dem ich zuletzt Arm in Arm mit Judith eingeschlummert war. Doch nun war ich allein.

Beide Betten in der kleinen, länglichen Kammer waren dermaßen ordentlich gemacht worden, dass sich mir der Eindruck aufdrängte, jemand hätte die Abstände zwischen den Kissen, Decken und dem Bettrahmen mit dem Geodreieck nachgemessen und immer wieder korrigiert, sodass sie nun wirkten wie aus einem Werbespot für Bügelwasser. Unter einem der Betten entdeckte ich ein Paar Kinderschuhe aus schwarzem Leder, die penibel geputzt und ebenfalls nahezu akribisch ordentlich hinter einem schlichten grauen Läufer aufgestellt waren, der das Zimmer nicht wirklich wohnlich zu gestalten vermochte. Ich trat an den vollkommen leeren Schreibtisch heran und überflog das Bücherregal darüber mit einem prüfenden Blick. Dort standen ausschließlich säuberlich eingeschlagene Schulbücher nach Fächern und Größe sortiert – jedenfalls glaubte ich das im ersten Moment. Im nächsten erspähte ich ein paar dünne Papierheftchen, die zwischen den dicken Wälzern hervorlugten, gut verteilt, als wollte ihr Besitzer vermeiden, dass man sie auf Anhieb entdeckte. Ich griff nach einer der kleinen Zeitschriften und identifizierte sie als ein zerlesenes Comic: eine Ausgabe von Micky Maus aus dem Jahr 1986. Die übrigen Hefte stammten aus demselben Jahr.

Plötzlich erklangen Schritte auf dem Flur, und ich ließ die Hefte erschrocken auf die Tischplatte fallen. Ich fühlte mich …

Ertappt?

Der Traum war eigenartig. Ich sah mich selbst als erwachsenen Menschen und fühlte mich so, als sei ich nicht in einem Traum gelandet, sondern hätte eine Zeitreise unternommen, sodass ich noch immer derselbe war, als der ich im so genannten Schallraum, der Folterkammer im Turm, das Bewusstsein verloren hatte. Ich dachte, fühlte und handelte wie der erwachsene Mann Frank Gorresberg, der sich auf einer Erkundungstour in einer Vergangenheit bewegte, die nicht die seine war. Zeitgleich aber glaubte ich auch mit dem Bewohner dieses Zimmers, mit dem Kind, dem die Schuhe, das Bett und die Comics gehörten, deutlich mitzufühlen. Ich erwischte mich sogar bei dem Gedanken, den grauen Läufer ein kleines bisschen weiter nach links zu ziehen, weil ich in diesem Moment aus den Augenwinkeln feststellte, dass er einen winzigen Deut verrutscht war, der mir aus den Augen dessen, der ich eigentlich sein sollte, mit absoluter Sicherheit nicht aufgefallen wäre.

Ich gab mir einen Ruck, steuerte auf leisen Sohlen auf die offen stehende Tür zu, lugte vorsichtig wie ein Spion um die Ecke auf den Flur und lauschte, als ich niemanden entdeckte. Die Schritte näherten sich eilig dem unteren Treppenabsatz und hallten schließlich durch den Empfang. Ganz offensichtlich war die Burg bewohnt, und ebenso offenbar war ich nicht allein im Haupthaus. Ich folgte den Schritten und redete mir ein, es aus Neugier zu tun, während ich tief in meinem Inneren ganz genau wusste, dass ich es in Wirklichkeit ganz einfach deshalb tat, weil ich das Gefühl hatte, es tun zu *müssen*. Nicht rennend, aber in zügiger Gangart eilte ich die nach Bohnerwachs riechende Treppe hinab. Meine Hände streiften über das frisch gewienerte Geländer. Während das alte Internat in der Realität kaum mehr war als eine staubige Ruine, in der die Milben euphorisch durch die Räume hüpften, war es jetzt ein Albtraum für jeden Putzfetischisten. Alles war so sauber, so *steril*, dass man den Eindruck gewann, dass der Schmutz vor den Mauern aus Furcht vor den scharf riechenden Desinfektionsmitteln, mit denen hier anscheinend regelmäßig gereinigt wurde, auf dem Absatz kehrt machte und schreiend davoneilte. Selbst die Mauern der alten Burg wirkten regelrecht wie abgekocht. Außerdem entdeckte ich nirgendwo auch nur den Ansatz eines Haarrisses in den weiß getünchten Decken, da waren keine noch so winzigen losen Stellen an den Enden der Tapetenbahnen, geschweige denn Spuren von Rost auf den Klinken oder abblätternder Lack auf den Türen. Sämtliche Glühbirnen, die das Zimmer, den Flur, das Treppenhaus und die Empfangshalle, die ich in dieser Sekunde erreichte, erleuchteten, waren intakt, und ich bemerkte, dass selbst das Licht hier drinnen so wirkte, als hätte man es gewaschen.

Am Ende des Empfangssaales fiel die schwere, hölzerne Tür zum Burghof ins Schloss, kaum dass ich den Fuß auf die letzte Stufe gesetzt hatte. Wer war das? Rannte jemand vor mir davon? Und wenn ja: Warum?

Die Tür zur Küche war verschlossen. Trotzdem mischte sich aus ihrer Richtung der Duft von gekochtem Blumenkohl zwischen den der verschiedensten Reinigungs- und Desinfektionsmittel. Mir wurde übel. Ich hasste Blumenkohl, hatte ihn immer gehasst, mehr noch als Aal. Ich konnte mich nicht daran erinnern, jemals dazu gezwungen worden zu sein, dieses Gemüse zu essen, hatte aber zeit meines Lebens einen sofortigen Brechreiz verspürt, wenn ich das Zeug auch nur gerochen hatte. Nun war es noch schlimmer: Ich konnte den gleichsam bitteren wie scharfen und trotzdem irgendwie wässrig-faden Geschmack von erbrochenem Blumenkohl in meinem Mund wahrnehmen, als hätte ich mich tatsächlich gerade erst übergeben. Ich hielt den Atem an und legte den Weg durch die Empfangshalle im Laufschritt zurück, um die Tür aufzureißen und einen kleinen Moment lang auf den steinernen Stufen, die zum Haupthaus hinaufführten, mit geschlossenen Augen zu verharren und gierig die klare, frische Luft in mich hineinzusaugen, die mich auf dem Hof empfing. Als ich die Lider wieder hob, erkannte ich, dass der Knabe, dessen Schritten ich gefolgt war und der die schwere Tür zum Haupthaus hinter sich ins Schloss geworfen hatte, die gegenüberliegende Seite des kopfsteingepflasterten Hofes bereits erreicht hatte und in dieser Sekunde vor der steinernen Treppe zum Lehrerhaus innehielt, um einen gehetzten Blick über die Schulter zurückzuwerfen. Obwohl es noch lange nicht dunkel war, sondern gerade erst zu dämmern begonnen hatte, konnte ich sein Gesicht nicht erkennen, denn zusätzlich zu der Kürze des Augenblicks taten sich meine Augen schwer damit, sich nach dem gleißenden Licht, welches das Innere des Haupthauses in nahezu schattenlose Helligkeit getaucht hatte, an das verhältnismäßig schwache, natürliche Licht hier draußen zu gewöhnen. Doch aus seiner Größe und Statur schloss ich, dass er etwa dreizehn, vielleicht vierzehn Jahre alt sein musste. Er trug eine Pfadfinderuniform wie jene, die die Kinder auf dem verblassten Foto aus dem Geheimfach in Klaus Sängers Schreibtisch getragen hatten. Um den Hals hatte er ein albernes rotes Tuch gebunden. Ich konnte spüren, wie der Knoten unangenehm auf meinen Kehlkopf drückte.

Ich konnte … was?!

Verunsichert tastete ich nach meiner Kehle, aber da war nichts. Ich trug dieselben Kleider, die ich getragen hatte, als die dröhnenden Bassboxen mich meines Bewusstseins beraubt hatten: ein T-Shirt, schlichte Bluejeans und ausgetretene Turnschuhe. Aber die Schuhe drückten auf einmal, und mein Oberteil fühlte sich seltsam steif an und kratzte auf meiner Haut, als sei es mit mehreren Litern Wäschestärke behandelt worden, während ich schlief.

Der Junge auf der anderen Seite des Hofes legte die letzten Schritte, die ihn vom Eingang trennten, im Sprint zurück und verschwand in dem kleinen, verwinkelten Lehrerhaus. Ich folgte ihm.

Ohne mein bewusstes Zutun warf ich einen sichernden Blick über die Schulter zurück, als ich den Hof überquert hatte, so, als befürchtete ich, beobachtet und meinerseits verfolgt zu werden. Man durfte mich nicht erwischen. Ich hatte hier nichts verloren! Als ich den Flur erreichte, schob ich leise die Tür hinter mir zu. Ich hatte nicht sehen können, in welche Richtung der Junge sich gewandt hatte, steuerte aber instinktiv die Kellertreppe an. Die Tür, an die sie grenzte, stand offen. Ich zog auch sie hinter mir zu und konnte erst dann wieder die Schritte des Knaben wahrnehmen. Eilig legte ich die Treppe hinter mir zurück und wandte mich nach rechts, genau den Weg entlang, den zuletzt Carl mich gewaltsam getrieben hatte.

Nichts hatte sich geändert: Die Angst, die ich empfunden hatte, als ich diesen Abschnitt des unterirdischen Labyrinths zuletzt betreten hatte, war von gleicher Intensität. Wieder zitterten meine Knie und wieder spürte ich, wie sich kalter Angstschweiß in meinem Nacken sammelte. Der Keller war derselbe geblieben, nur wirkte er etwas sauberer. Es roch weniger muffig, sondern im Gegenteil sogar ein bisschen nach frischer Wandfarbe und nicht gänzlich ausgetrocknetem Zement, und er war hell erleuchtet. In regelmäßigen Abständen spendeten nackte Glühbirnen, die hinter feinmaschigen Drahtgittern unter der Decke angebracht waren, gleichmäßiges gelbes Licht.

Ich konzentrierte mich auf den Widerhall der Schritte des Jungen, der aus irgendeinem Grunde vor mir durch den weitläufigen Keller flüchtete.

Meine Vernunft sagte mir, dass ich ihnen lauschen musste, um zu wissen, in welche Richtung ich mich an den verschiedenen Abzweigungen und Gangkreuzungen wenden sollte. Aber ich wusste, dass ich dazu meine Ohren nicht gebraucht hätte, um den richtigen Weg zu finden. Wahrscheinlich hätte ich es nicht einmal geschafft, mich zu verirren, wenn ich es darauf angelegt hätte, denn meine Beine schienen nicht mir, sondern dem Kind zu gehorchen, dem wahrscheinlich die Comics in dem Internatszimmer gehörten und dessen Pfadfinderuniform nach wie vor unangenehm auf meiner Haut kratzte, obwohl ich sie überhaupt nicht trug. Falls ich jemals der Schizophrenie verfallen sollte, bekam ich in diesem Traum wohl schon einmal einen Vorgeschmack darauf, wie sie sich anfühlte.

Ich erreichte die Stelle, an der in der Wirklichkeit der Einsturz, den ich ausgelöst hatte, die Mauer niedergerissen und den Weg in den älteren Teil des Labyrinths freigegeben hatte. Die Wand war unbeschadet und frei von jeglicher Spur des Verfalls, aber es war eine schwere Stahltür in sie eingelassen, auf die jemand mit weißer Kreide und in kindlicher Schrift etwas auf den makellosen grauen Lack gekritzelt hatte.

»Du darfst mir nicht folgen, Frank! Wir dürfen uns nicht begegnen!«

Ich wusste, dass es der fremde Junge gewesen war, der diese Warnung für mich hinterlassen hatte – ich erkannte seine Schrift. Paradoxerweise empfand ich zeitgleich einen Augenblick lang

Verblüffung über den Umstand, dass das Kind offenbar meinen Namen kannte, und wunderte mich über die widersprüchlichen Empfindungen, aber dann besann ich mich darauf, dass dies hier nur ein Traum war und dass Logik in einem solchen keinerlei Rolle spielte.

Ich musste die Tür nicht öffnen, um der Warnung zum Trotz auf die andere Seite zu gelangen und den Knaben weiter zu verfolgen: Von einem Lidschlag auf den anderen befand ich mich nicht mehr vor ihr, sondern wie nach einem abrupten Szenenwechsel in einem Film irgendwo in dem gewaltigen Tunnelkomplex und wie mir mein Gefühl sagte, nicht mehr allzu weit von dem unheimlichen Turm entfernt. Das allerdings änderte nichts daran, dass mein Herz raste, mein Atem schnell ging und meine Seiten schmerzten, als hätte ich die gesamte Strecke bis hierher im durchgehenden Sprint zurückgelegt.

Auch hier waren alle Gänge hell erleuchtet und wirkten gepflegt und sauber: Offensichtlich wurden sie regelmäßig genutzt und kleinlich gewartet. Vom Ende des Flures her, den ich schnellen Schrittes passierte, erklangen Stimmen. Keine hohen Kinderstimmen, sondern die von mehreren erwachsenen Männern, die erregt und mit medizinischen Fachbegriffen nur so um sich werfend über irgendetwas diskutierten, was ich nicht verstand. War gerade mein Name gefallen? Hatte einer der Männer *meinen Namen genannt*?

Erschrocken hielt ich den Atem an. Ich kannte diese Stimmen, obwohl ich einen Eid darauf hätte ablegen können, dass ich sie nie zuvor gehört hatte. Sie weckten eine Erinnerung in mir, die beileibe keine gute war und von der ich in diesem Augenblick regelrecht dankbar war, dass ich sie nicht in Worte fassen, sondern nur als zusammenhanglose, wild durcheinander gewürfelte Bildfetzen vor meinem inneren Auge erkennen konnte. Sie war zu schrecklich, als dass ich es hätte ertragen können, hätte mein Hirn sie ausformuliert. Schließlich bogen zwei hoch gewachsene, schlanke Gestalten aus der nächsten Abzweigung in den Flur ein und kamen direkt auf mich zu.

Ich erstarrte mitten im Schritt und sah den beiden Männern aus schreckensweit geöffneten Augen und unfähig, mich zu bewegen, entgegen. Sie trugen blütenweiße Laborkittel mit kleinen, in Plastik gefassten Namensschildchen auf der Brust und waren älteren Jahrgangs. Ihr Haar war grau und weiß, und ihre Gesichter waren von unzähligen kleinen Fältchen durchzogen. Einer der beiden hatte tief hängende, dunkle Tränensäcke unter den Augen. Gleichzeitig aber sah ich sie als schlanke, verhältnismäßig jung und gesund aussehende Herren in den Endvierzigern, deren Haar kurz geschoren, aber durchaus noch dicht und kräftig war – nur einer der beiden hatte eine verlängerte Stirn, was seiner Attraktivität aber keinen Abbruch tat. Die Haut auf ihren Gesichtern war frei von Falten und wirkte rosig und frisch, beide makellos blauen Augenpaare wirkten äußerst aufmerksam und neugierig und strahlten nicht nur bloßen Wissensdurst aus, sondern eine regelrechte Gier nach neuen Informationen, die sie hinter ihren von nahezu gefährlicher Intelligenz zeugenden Augen horten konnten. Es war, als betrachtete ich zwei übereinander gelegte Negative, zwischen deren Aufnahmen mehr als ein Vierteljahrhundert liegen musste.

Sie schienen mich nicht zu sehen, obwohl sie genau auf mich zusteuerten und kaum mehr als fünfzehn Meter von mir entfernt waren, oder sie schenkten mir keinerlei Beachtung, aber dieser Umstand vermochte den Schrecken, der von mir Besitz ergriffen hatte, nicht zu lindern. Endlich erkannte ich die Männer: Es waren Professor Klaus Sänger und Sturmbannführer Richard Krause – Eds Onkel, den Maria uns in einem ihrer dicken Fachwälzer vorgestellt hatte. Ich zwang mich, mir einen Ruck zu geben, wirbelte auf dem Absatz herum und wollte den Knaben, den ich verfolgt hatte, einen Knaben sein lassen und davonsprinten. Ich fühlte mich ertappt und fürchtete mich. Ich durfte nicht hier unten sein, niemand hatte mich gebeten, den unterirdischen Laborkomplex zu betreten, und die Strafe würde eine grauenhafte sein. Sänger und Krause hatten mich erwischt!

Aber als ich mich herumgedreht hatte, erstreckte sich der Gang in der Richtung, aus der ich gekommen war, ebenfalls in einer Länge von etwa zwanzig Schritten, ehe er an eine Einmündung grenzte, obwohl ich hätte schwören können, dass ich eine wesentlich längere Strecke durch den Flur zurückgelegt hatte. Und auch aus der entgegengesetzten Richtung näherten sich mir Sänger und

Krause erregt argumentierend und zügigen Schrittes. Entsetzt taumelte ich zurück, drehte mich halb um die eigene Achse, stolperte und stieß mit dem Hinterkopf gegen die harte, weiß verputzte Wand des Korridors. Im nächsten Moment fiel ich vornüber und konnte mich erst in buchstäblich letzter Sekunde mit den Händen abfangen, um nicht auch noch im Traum hart aufzuschlagen und das Bewusstsein zu verlieren. Bäuchlings auf dem Boden liegend hob ich schwer atmend und am ganzen Leib zitternd den Kopf, um mich in einer hektischen, verzweifelten Geste nahezu gleichzeitig nach links und nach rechts zu wenden und das doppelt vorhandene Wissenschaftlerduo mit angstvollen, um Gnade flehenden Blicken anzusehen.

Aber die Männer waren nicht mehr da.

Stattdessen blickte ich zu beiden Seiten an ebenfalls blütenweiß getünchten Wänden hinauf. Vor mir erstreckte sich ein weiterer Korridor, der nur wenige Schritte weit reichte und von dem keine Türen und weiteren Gänge abzweigten. Hinter mir befanden sich die ersten stählernen Regale aus der Forschungssammlung.

Irritiert und schockiert drehte ich mich hilflos im Kreis, und während ich mich drehte, verwandelten sich auch die Wände, die plötzlich zu meiner Rechten und Linken erschienen waren, in einen Teil der makaberen Ausstellung; und wo sich gerade noch die Sackgasse befunden hatte, sah ich mich nun der stählernen Tür gegenüber, die in den Büroraum davor führte. Sie war verschlossen.

Ein Teil von mir drängte darauf, nach der Klinke zu greifen und den runden Saal schnellstmöglich wieder zu verlassen. Ich wollte zusehen, dass ich diesen gottlosen Keller schleunigst wieder verließ, doch ein anderer, ungleich stärkerer Impuls trieb mich in entgegengesetzter Richtung geradewegs in das hell ausgeleuchtete Horrorkabinett hinein. Wo war der Junge?

So schnell mich meine Beine tragen konnten, schleppte ich mich hastig zu den Keramikwannen am oberen Ende des Saales hin. Trotzdem kam mir die kurze Strecke unendlich weit vor. Es war wie in einem dieser schrecklichen Träume, die wohl ein jeder schon einmal gehabt hat, in denen man vor irgendjemandem oder irgendetwas flieht, so schnell man konnte, ohne dass man sich dabei auch nur einen Millimeter von der Stelle bewegt. Aber in diesem Traum bewegte ich mich sehr wohl von der Stelle. Die in Formalin eingelegten Augenpaare in den Glasbehältern zu meiner Rechten folgten mir mit Blicken, wozu sie sich in meine Richtung bewegten, und die toten Embryonen und Föten streckten ihre unfertig ausgebildeten, feingliedrigen Ärmchen und Beinchen nach mir aus, als wollten sie nach mir greifen und sich an mir festhalten, damit ich sie mit mir nahm, wohin auch immer ich eilte, Hauptsache hinaus aus ihren menschenunwürdigen, gläsernen Särgen und aus diesem Sortiment des Grauens. Die unschuldigen Augen in ihren überproportionalen Köpfchen sahen mir flehend entgegen. Durch das Glas und die Konservierungsflüssigkeit hindurch glaubte ich einige von ihnen gedämpft wimmern zu hören. Aber ich brauchte unendlich mehr Zeit, die grauenhaften Behältnisse hinter mir zurückzulassen, als in Anbetracht der Geschwindigkeit, in der meine Füße sich bewegten, logisch gewesen wäre. Außerdem stimmte die Reihenfolge, in der sie aufgestellt waren, nicht mehr. Einige von ihnen schienen doppelt und dreifach vorhanden zu sein, die Regalböden schienen sich in mehrfache Länge zu ziehen, sodass ich bereits völlig außer Atem war, als ich nicht einmal die Hälfte der gesammelten Gliedmaßen, Organe, abgetrennten Köpfe und grausam entstellten Gesichter hinter mir zurückgelassen hatte.

Das helle Licht der Unmengen von Glühbirnen, die in akkuraten Abständen mit Drahtgeflechten abgesichert unter der Decke angebracht worden waren und die Halle nahezu schattenlos ausleuchteten, enthüllte zusätzliche, meine Angst ins schier Grenzenlose steigernde Details der makaberen Ausstellung. Ich erkannte in Todesangst geplatzte Äderchen in den Augen der präparierten, mir mit Blicken folgenden Gesichter, doch in diesen stand nicht der Ausdruck des Flehens geschrieben, sondern gnadenlose Wut, die die Verzweiflung der letzten Sekunden ihres Lebens abgelöst hatte. Purer Hass und ... Vorwurf?

Aber warum? Was ihnen widerfahren war, war unsagbar schrecklich und unmenschlich gewesen, aber wie konnten sie mir die Schuld an ihrem Leid geben? Ich hatte diese Menschen nicht einmal gekannt, geschweige denn ihnen irgendetwas zuleide getan! Sie durften mich nicht hassen, bloß weil ich ein Mensch war! Das war nicht gerecht!

Frank!

Ich vernahm eine gedämpfte, irgendwie blubbernde Stimme aus einem der Regale, aber ich sah nicht hin. Es war nur ein Traum, verdammt noch mal, ich konnte ihn beeinflussen, ich konnte ihn lenken, ich konnte dafür sorgen, dass ich nicht in die Richtung blickte, aus der diese Stimme zu mir hindurchgedrungen war, die mir auf seltsame Weise ebenso bekannt vorkam wie diese gesamte, nichts als Schrecken bergende Burg. Niemand, den ich gekannt hatte, war gevierteilt oder in noch mehr Einheiten zerlegt worden, keiner, den ich kannte, konnte in dieser verfluchten Anatomiesammlung des Seelenfriedens harren, der ihm vielleicht niemals vergönnt werden würde. Die Stimme hatte nicht boshaft geklungen, nicht so, als hätte sie mir drohen wollen, wie es all die Gesichter taten, die mich nach wie vor hasserfüllt anstarrten. Aber gerade das machte es für mich so schrecklich. Es wäre mir lieber gewesen, sie hätte mich beschimpft und aus allen Poren verwünscht, und sei es nur, weil ich eben ein menschliches Wesen wie jene war, die sie so grausam ihres Körpers beraubt hatten. Von mir aus hätten sie mich mit derselben Ungerechtigkeit behandeln können, mit der die fremden Gesichter mich betrachteten und die mindestens ebenso schmerzhaft für mich war wie die unsagbare Angst, die ich in diesen Sekunden durchlitt. Ich hätte es besser ertragen, als diesen vertrauten Ruf nach meinem Namen!

Komm her, Frank, bitte, lass mich dich noch einmal sehen …

Ich rannte. Meine Lungen brannten wie Feuer, das Stechen in meinen Seiten ließ mich die Arme vor meinem Oberkörper überkreuzen und fest an meinen Leib drücken, und mein Atem ging schnell und laut wie nie zuvor, aber meine Lunge schien sich schier zu weigern, Sauerstoff aus der steril riechenden Luft zu gewinnen, so schnell auch immer ich atmete.

Ich hatte die Keramikbecken vor den stählernen Türen auf der gegenüberliegenden Seite beinahe erreicht, als eine der gläsernen Platten, mit denen sie verschlossen waren, plötzlich wie von kraftvoller Geisterhand bewegt nach oben schnellte, kippte und mit einem ohrenbetäubenden, klirrenden Laut vor meinen Füßen in Millionen und Abermillionen winzig kleiner, im grellen Licht gefährlich aufblitzender Teilchen zersprang. Ich schrie entsetzt auf, stolperte zwei, drei Schritte zurück, ohne mich dabei von der makaberen Badewanne zu entfernen, rappelte mich schnell wieder auf und verkniff es mir in buchstäblich letzter Sekunde, mich zur Flucht zu wenden. Nichts auf der Welt konnte schlimmer sein als diese Stimme, die nach mir gerufen hatte, dachte ich, darüber hinaus wusste ich, dass ich die Treppe erreichen und zurücklegen musste, weil der Weg in den Turm hinauf für mich vorbestimmt war, warum auch immer, vielleicht, weil ich dem Jungen folgen musste.

Natürlich irrte ich mich. Selbstverständlich

konnte etwas schlimmer sein, und nein, ich musste dem Knaben nicht mehr folgen, denn ich hatte ihn bereits eingeholt. Er erhob sich gerade in diesem Augenblick aus der Keramikwanne, deren Verdeck in winzigen Splittern zu meinen Füßen auf dem Boden verstreut lag. Er war Teil des vermeintlich siamesischen Zwillings, dessen zwei Einheiten man auf so grauenhafte Weise miteinander vernäht hatte, um, wie Ellen gesagt hatte, einen organischen Blutaustausch zu ermöglichen.

Der Junge war nicht etwa vierzehn Jahre alt, wie er es gerade noch im Hof gewesen war – dieses Alter hatte er niemals erreicht. Höchstens acht oder neun Jahre hatte man ihn am Leben gelassen, ehe dieses absurde, durch und durch perverse Experiment ihn und seinen Bruder dahingerafft hatte. Das Haar hing den beiden nass und strähnig in die blutleeren Gesichter. Sie waren nackt und wirkten unglaublich mager, und die stümperhaft vernähten Wunden waren wulstig und ließen sich überdeutlich erkennen. Verkrustetes Blut haftete an ihren Körpern, und die dunkelblauen Fäden waren deutlich in dem nicht gänzlich abgeheilten Hautgewebe zu erkennen. Ihre Gesichter wirkten abgehärmt, und die Augen, mit denen sie mich in krampfhaft verrenkter Haltung ihrer dürren Hälse gleichzeitig ansahen, waren von unnatürlich hellem Blau, als seien sie blind. Aber sie konnten mich ganz eindeutig sehen.

»Geh nicht dort hinauf.« Der Junge, dem ich hierher gefolgt war, hob in einer warnenden Geste den Arm und versuchte einen Augenblick vergeblich, den Kopf zu schütteln, stellte den Versuch aber schnell ein, als seine rechte Schläfe mit der linken seines Bruders zusammenstieß. »Der Schmerzensmann wartet auf dich.«

Noch während der Junge sprach, schwang lautlos die Tür zur Turmtreppe auf. Eine helle und freundliche, aber auch leicht tadelnd klingende Kinderstimme schallte durch das Treppenhaus zu mir herunter in die Forschungssammlung.

»Komm herauf, Frank«, flötete sie fröhlich. »Du bist wieder einmal der Letzte!«

Ich schrie auf – laut und gellend, wie ich noch nie zuvor geschrien hatte. Meine Stimme schnellte über das mir vertraute Volumen hinaus, hallte unendlich laut und eindringlich von den Wänden wider, flüchtete durch die Gänge aus dem grauenhaften Labyrinth zurück in die Wirklichkeit und riss mich aus der Ohnmacht, in die der Schmerz und der Klang der Musik aus den gewaltigen Lautsprechern mich getrieben hatte. Hinter meiner Stirn tobte ein Schmerz, der so peinigend war, dass ich mir im ersten Augenblick fast wünschte, das Bewusstsein augenblicklich wieder zu verlieren, doch die Erinnerungsfetzen, die mich aus meinem Albtraum in die Wirklichkeit begleitet hatten, reichten aus, diesen Wunsch schneller wieder schwinden zu lassen als er aufgekeimt war. Ich beschloss, nie wieder zu schlafen, und sah mit vor Qual getrübtem Blick an mir hinab.

In zusammengesackter Haltung kauerte ich auf dem disproportionalen Holzstuhl, in dessen Lehne ein Kind (ich?!) mit den Fingernägeln den ersten Buchstaben meines Vornamens geritzt hatte. Mein Oberkörper war nackt, bleich und schweißnass. Ich zitterte vor Angst, Leid und Kälte. Kleine Gummielektroden hafteten mit einem glitschigen, kühlen Gel auf der Haut meiner Brust, dünne Kabel führten von ihnen aus in die kleine Kiste zu meiner Linken, andere aus der Kiste zu meinem Kopf hinauf. Mit zitternden Fingern tastete ich nach meiner Stirn. Auch dort hafteten mehrere der beängstigenden Elektroden. Jemand hatte mein Haar an manchen Stellen abrasiert, um weitere Elektroden mit leitfähigem Gel auf meiner Kopfhaut zu fixieren.

Mein Herzschlag setzte für einige Schläge aus. Was zum Teufel war mit mir geschehen? Was hatte man mit mir gemacht?! Ich fühlte mich … *missbraucht*. Was auch immer mit mir geschehen war, es war ohne meine Einwilligung, ohne mein Bewusstsein passiert. Ich fühlte mich ausgeliefert und auf widerlichste Art hintergangen, bloßgestellt und ausgenutzt für etwas, von dem ich nicht einmal eine Ahnung hatte, was es war, mit dem ich aber nicht einverstanden war – ganz und gar nicht einverstanden.

Judith und Ellen saßen mir gegenüber auf ihren Plätzen. Auch ihre Oberkörper waren entblößt. Ellen trug nur noch ihren Büstenhalter und ihren dunkelblauen Minirock, während Judith, die anscheinend prinzipiell auf unbequeme Kleidungsstücke und dergleichen verzichtete und nichts unter ihrem geblümten Sommerkleid getragen hatte als einen mit dezenter Spitze gerahmten Schlüpfer, bis auf letzteren nackt war. Auch das Haar der beiden war stellenweise geschoren worden, um jene Gummielektroden an ihre Köpfe zu pappen – selbst vor Ellens seidenglatter, feuerrot gefärbter Mähne hatte derjenige, der uns auf so unwürdige Weise behandelt hatte, nicht Halt gemacht, und die verschiedenfarbigen Kabel, die von den Elektroden in die Kabel zu den hölzernen Kisten neben den Stühlen hinabführten, hingen wie glitschige, gierig an menschlichen Erinnerungen saugende Tentakel eines futuristischen Ungeheuers von ihren rasierten Köpfen herab.

Vielleicht war es mein Schrei gewesen, der auch sie aus der Ohnmacht, in der sie wie ich gefangen gewesen waren, befreit hatte; jedenfalls blickten beide Frauen in diesem Moment gleichsam verwirrt und blinzelnd an ihren Körpern hinab. Ellens Gesicht blieb dabei zunächst völlig ausdruckslos und wirkte wie paralysiert. Vielleicht versuchte sie ebenso verzweifelt wie ich zu begreifen, was geschehen war. Vielleicht hatte sie es längst begriffen und versuchte, es nun zu verarbeiten. Ich hatte nicht den Eindruck, dass sie darin bald vorzeigbare Erfolge zu verzeichnen hätte.

»Das ... das kann nicht sein.« Judith hatte die Augen noch nicht vollständig geöffnet, sondern blinzelte noch immer müde, kaum mehr als halb wach an sich herab, begann aber trotzdem, hektisch nach den bunten Kabeln, die sich über ihren vollen Busen schlängelten, zu tasten. »Ich doch nicht ...« Sie klang ungläubig und fassungslos, der Verzweiflung nah. »Mir kann doch nichts passieren«, stammelte sie hilflos. »Warum … warum ich?«

Weil du sie nicht beschützt hast, ertönte eine vorwurfsvolle, nur für mich hörbare Stimme in meinem Bewusstsein. Weil du ihr versprochen hast, für sie da zu sein, und sie im Stich gelassen hast, du bescheuertes Weichei. Weil du dich einmal mehr von diesen verfluchten Kopfschmerzen hast außer Gefecht setzen lassen, du Möchtegernheld, du verdammte Lusche, du Warmduscher! Von Kopfschmerzen!

Ich schämte mich. Mit hektischen wie energischen Bewegungen begann ich mich von den klebrigen Elektroden zu befreien, die auf meiner Haut hafteten, und war trotz allem schier unerträglichen Schmerz, der noch immer hinter meiner Stirn pochte, mit zwei, drei schnellen Schritten bei ihr drüben und half ihr, sich von ihren Kabeln zu befreien. Was auch immer man ihr angetan hatte – ich hatte es nicht verhindern können. Ich konnte nichts anderes tun als versuchen, den Schaden, für den ich mich mitverantwortlich fühlte und dessen Ausmaße ich längst nicht erahnen konnte und wollte, zu begrenzen. Ich wollte mich reuig zeigen und hoffen, dass sie mir verzieh. Einmal mehr bemerkte ich die feine, waagrecht verlaufende Narbe auf ihrem Bauch, die zwischen einem Speckfältchen verschwand, sobald sie ihre Bauchmuskeln einen Moment lang nicht anspannte, und trotz der für Schamgefühle oder dergleichen unpassenden Gelegenheit bemühte sie sich sichtbar darum, das zu tun. Ich musste lächeln, verfluchte mich aber in derselben Sekunde für meinen unangemessenen Gedanken über den Sinn und Nutzen eines solchen samtweichen Speckröllchens und betete, dass Judith meinen Blick nicht beobachtet hatte. Es war wirklich nicht der richtige Augenblick für Scherze, nicht einmal für solche, die man nicht aussprach, und schon gar keiner für das erotisierende Prickeln, das im ebenfalls unangebrachtesten aller Momente durch meine Lenden schlich. Ich bemühte mich um ein sicherndes Maß körperlicher Distanz, ohne ihr dabei versehentlich das ungerechtfertigte Gefühl zu geben, von ihrem etwas pummeligen Körper, für den sie sich sichtbar schämte, Abstand nehmen zu wollen. Ich ging vor ihr in die Hocke und legte ihr eine Hand auf das unbekleidete Knie, während ich ihr mit der anderen in einer beruhigenden Geste durch das fuhr, was man von ihrer Haarpracht übrig gelassen hatte. Ich durfte mir nicht gestatten, ein weiteres Mal vor den Schrecken der Wirklichkeit in eine Euphorie zu flüchten, wie sie zuletzt im Duschraum von mir Besitz ergriffen hatte. Dieser Ort war grausam, unsere Lage eine durch und durch beängstigende, die Atmosphäre eine düstere und bedrohliche, die Schreckliches erahnen ließ, das uns vielleicht noch widerfahren würde.

Ich wandte meinen Blick von ihrem Körper ab, betrachtete ihr Gesicht und erschrak, als ich den Ausdruck registrierte und deutete, der darauf lag. Ihre Haut hatte eine aschfahle Farbe angenommen, unter ihren Augen lagen tiefe, dunkle Ringe, und ihre nun tränennassen Augen waren erfüllt von maßlosem Schrecken, Fassungslosigkeit und panischer Angst. Judith, meine kleine, süße Judith, mein schutzbedürftiges, herzensgutes Pummelchen, das ich innerhalb kürzester Zeit zu lieben begonnen hatte, wie ich nie einen Menschen zuvor geliebt hatte, so zu sehen, erschütterte mich zutiefst und verscheuchte das Prickeln in meinen Leisten binnen weniger Sekundenbruchteile. Ich schlang meine Arme um ihren Oberkörper, drückte sie fest an mich und begann, ihren nackten, eiskalten Rücken zu streicheln. Ich unterdrückte das Bedürfnis, sie in meinen Armen zu wiegen wie ein kleines Kind. Nie hätte ich geglaubt, dass es irgendetwas geben könnte, das sie, die in dieser Nacht bei allen unsagbaren Schrecken, die über uns hergefallen waren, immer ein bewundernswertes Maß an Fassung behalten hatte, derart aus der Bahn werfen konnte, dass sie nun ungeachtet Ellens Anwesenheit hemmungslos an meiner Brust weinte. Aber sie tat es. Ein heftiges Beben durchfuhr ihren zitternden Körper, und ich drückte sie so fest an mich, wie es nur eben ging, ohne ihr dabei wehzutun. Auch ich kämpfte gegen die Tränen des Mitgefühls, aber auch der Scham an, die ich wider besseren Wissens, dass nämlich mein Zusammenbruch nichts, aber auch gar nichts mit Schwäche zu tun gehabt hatte, nicht gänzlich von mir abstreifen konnte.

Aus den Augenwinkeln nahm ich wahr, wie Ellen sich endlich aus ihrer Lethargie löste, wenn auch die Bewegungen, mit denen sie die Dutzenden von Elektroden von sich streifte, fast schlafwandlerisch wirkten. Judith schob mich ein kleines Stück von sich weg, wischte sich die Tränen aus dem Gesicht und bemühte sich sichtlich darum, ihre Fassung wiederzugewinnen. Gleichzeitig deutete sie mit einem auffordernden Nicken in Ellens Richtung, und ich stand auf, um der Ärztin zu helfen, doch Ellen schüttelte schwach, aber mit entschiedenem Blick den Kopf. Langsam erhob sie sich aus ihrem zu niedrigen Stuhl, begann mit noch immer müde wirkenden Bewegungen und unsicheren Schritten ihre auf dem Boden verstreuten Kleider aufzulesen. Sie reichte auch Judith das geblümte Kleid, das sie für sie, die nicht aufgestanden, sondern mit beschämt vor die Brust gehaltenen Händen sitzen geblieben war, aufhob. Beide zogen sich wortlos an, und auch ich bückte mich nach meinem auf dem Boden liegenden Oberteil und streifte es mir über. Endlich erhob sich auch Judith von ihrem Platz, und eine kleine Weile standen wir alle einfach nur da und blickten in einer Mischung aus Unsicherheit, Angst, Unbehagen, Scham, Schmerz und Hilflosigkeit aneinander vorbei oder durcheinander hindurch. Schließlich war es Ellen, die mit geistesabwesendem Blick das Wort ergriff.

»Wir sind Ratten in einem gewaltigen Labor«, flüsterte sie tonlos. »Die Burg ist unser Labyrinth.« Sie blickte an den dunklen Steinquadern, aus denen sich die Wände zusammensetzten, hinauf und betrachtete mit ausdrucksloser Miene das Kabelgewirr unter der Decke, das mir erst jetzt auffiel. »Irgendwo sitzt unser Versuchsleiter und beobachtet uns. Er hat jetzt seine Messdaten. Das Experiment ist bald beendet.«

Erst jetzt realisierte ich, dass es nicht mehr dunkel in der runden Turmkammer war, obwohl Carl mitsamt seinem Strahler, der uns den Weg hierher geleuchtet hatte, verschwunden war. An den Wänden ringsum leuchteten schwach glimmende Notlichter, und aus der Tiefe unter dem Turm drang ein irgendwie beruhigendes, stotterndes Brummen zu uns hindurch, das ich als das Geräusch der schweren Dieselgeneratoren aus dem Keller identifizierte. Ob der Wirt sie eingeschaltet hatte? Und wenn ja – wo war er jetzt? War er es gewesen, der Judith, Ellen und mich auf die niedrigen Holzstühle gesetzt und an die unheimlichen EEG-Geräte angeschlossen hatte? War es möglich, dass sein Schatzfieber und seine Unwissenheit nichts als Lug und Trug gewesen waren und dass er die ganze Zeit über gewusst hatte, wohin er uns führte und was er mit uns anstellen wollte? Oder war das alles echt gewesen, doch sein krankes Hirn hatte es sich nicht verkneifen können, am lebenden Objekt auszuprobieren, wozu diese gewaltige, durch und durch unheimliche Anlage hier diente? Hatte er die Auswirkungen seiner primitiven Idee von der abgefahrenen Dröhnung, die ihm vorhin gekommen war, an uns beobachten wollen, ehe er sich selbst, einen Joint rauchend, zu uns gesellte?

Schwachsinn. Nicht einmal der stupide Althippie wäre auf einen solchen Gedanken gekommen, egal, wie beruhigend diese Vorstellung auf mich wirken mochte, weil mir alles lieber gewesen wäre, als über Ellens sehr viel realistischere Vermutung nachzudenken. Ratten in einem Labor. Versuchstiere in einem Käfig. Gefangen, benutzt und ...

Abgeschlachtet?

»Was ... macht man mit Laborratten, wenn der Versuch beendet ist?«, fragte ich stockend und wünschte mir, diese Frage nie laut ausgesprochen zu haben, weil ich die Antwort längst kannte und eigentlich überhaupt nicht hören wollte.

Das Entrückte schwand aus Ellens Zügen und machte einem zynischen Lächeln Platz, das über ihre Lippen huschte, aber nicht bis zu ihrem ausdrucksslosen Blick vordrang. »Je nachdem«, antwortete sie trocken. »Wenn der Versuch sie in einer Weise beeinträchtigt hat, die sie für weitere Versuche untauglich macht, ist man gnädig und schläfert sie ein. Das ist meistens der Fall. Manchmal verwendet man sie nach einer kurzen Erholungsphase aber auch für eine neue Versuchsreihe.«

Man schläfert sie ein, schoss es mir durch den noch immer erbärmlich schmerzenden Kopf. Mit einem Napola-Dolch, den man ihnen zwischen die Rippen rammte, wie bei Stefan, der nach seinem Sturz schwer verletzt gewesen war, oder man durchtrennte ihnen mit einer rasiermesserscharfen Klinge die Kehle, wie man es mit Ed getan hatte, weil er nach dem Unfall mit dem Friedenstauben-Jeep des Hippies nicht mehr bewegungsfähig war. Erlegte man sie mit einer bleiernen Kugel, Kaliber Achtunddreißig, die man sie sich selbst durch den Schädel zu jagen nötigte, wie bei Maria auf den Zinnen des Turmes? Was würde man sich für uns einfallen lassen? Ich tastete nach meinen heftig pochenden Schläfen. Wie stark war ich beeinträchtigt? War ich noch regenerationsfähig? Und wollte ich es überhaupt noch sein?

Ja, verdammt noch mal! Ich wollte leben! Ich hatte ein Recht darauf!

»Und was ist mit Ratten, die nach dem Ende der Versuche ein Gnadenbrot bekommen ...?«, flüsterte ich in fast flehendem Tonfall.

Das Lächeln verschwand aus Ellens Antlitz. »Das ist unökonomisch«, antwortete sie hart und maß mich mit einem eisigen Blick, als trüge ich die alleinige Schuld an unserer verzweifelten Lage. »Ein Gnadenbrot gibt es nicht.«

»Wie gut, dass wir keine Ratten sind«, beendete Judith die finstere Diskussion. Ihre Stimme klang entschieden, fast schon energisch. Sie wollte, durfte diese Argumentation nicht an sich heranlassen, durfte nicht in Betracht ziehen, dass Ellen Recht haben könnte mit ihren düsteren Prophezeiungen. Sie wäre daran zerbrochen. Ich trat an ihre Seite und griff nach ihrer Hand.

»Wir müssen hier raus«, sagte ich leise. »Und zwar so schnell wie möglich.«

»Eine sensationelle Erkenntnis.« In Ellens Augen blitzte es spöttisch auf. Ich hätte sie hassen müssen für ihre verfluchte Arroganz, aber irgendwie war ich in diesen Sekunden ganz froh, dass sie wieder in ihre liebste Rolle der über allem und jedem stehenden Akademikerin schlüpfte. Ihre Selbstsicherheit, und sei sie noch so aufgesetzt, gab mir wenigstens ein winziges Gefühl von Halt. Außerdem war ein Streit mit der jungen Ärztin immer noch gesünder, als weiter über ihre vielleicht nicht allzu weit hergeholten Theorien nachzugrübeln und über kurz oder lang daran zu verzweifeln. »Wir könnten nachsehen, ob wir in der anatomischen Sammlung ein paar Flügel und geeignetes Werkzeug finden, um sie uns an die Schulterblätter zu montieren und damit über die Burgmauern zu fliegen«, schlug sie in verächtlichem Tonfall vor.

»Jede Burg dieser Art verfügt über einen geheimen Fluchtgang für den Fall einer Belagerung«, beharrte ich.

Den Weg, der laut der Baupläne, die wahrscheinlich noch immer im Hosenbund des Wirtes steckten, durch den runden Saal unter dem Turm aus der Burg hinausführte, gab es offensichtlich nicht oder nicht mehr, aber ich bemühte mich trotzdem krampfhaft um einen vagen Optimismus, dass wir doch noch durch den Keller hindurch vom Burgfelsen herunterfinden könnten. Verzweifelt versuchte ich mich an Details auf diesen vergilbten Plänen zurückzuerinnern.

»Vielleicht sind wir einfach in die falsche Richtung gelaufen«, schlug ich schließlich vor, ohne von meinen eigenen Worten besonders überzeugt zu sein. Vielleicht hätten wir an der letzten Gabelung nicht nach links in den Saal hinein, sondern den entgegengesetzten Weg gehen müssen.«

»Vielleicht hatte Carl von vornherein vor, uns

keineswegs zum Ausgang zu führen, weil er die ganze Zeit über nur auf seinen gottverdammten Schatz aus war«, unterstützte mich Judith schwach, aber auch ihrer Stimme ließ sich unschwer entnehmen, dass sie nicht ernsthaft darauf hoffte, wir könnten Recht haben.

»Wenn wir beobachtet werden, und es ist nun mal Sinn eines jeden Experiments, die Dinge zu *beobachten*«, entgegnete Ellen kühl, »dann bleibt es sich vollkommen gleich, wohin wir zu fliehen versuchen. Wer auch immer hinter dieser ganzen Sache steckt, hat ein Auge auf uns und wird dafür Sorge tragen, dass wir seine düsteren Geheimnisse, denen er in diesem Keller frönt, nicht in die große weite Welt hinaustragen werden.«

»Hör auf mit deiner verdammten Schwarzmalerei!« Judith machte einen Schritt auf die junge Ärztin zu, als wolle sie sie an den Schultern packen und durchschütteln, wenn nicht sogar schlagen, aber ich packte sie mit sanfter Gewalt am Oberarm und hielt sie zurück. »Ich kann es nicht mehr hören, verstehst du? Unsere Lage ist auch ohne deine krankhaften Fantasien schon dramatisch genug. Und aussichtslos oder nicht: Weiter nach einem Ausgang zu suchen ist auf jeden Fall besser als tatenlos hier im Turm herumzustehen und zu warten, bis derjenige, der schon die anderen drei umgebracht hat, hier auftaucht und auch uns niedermetzelt. Also kommt.« Sie machte einen entschiedenen Schritt auf die stählerne Rampe zu, die zurück auf den kleinen Flur und zur Treppe führte.

Ellen konnte sich einen letzten herablassenden Blick, mit dem sie Judith von Kopf bis Fuß maß, nicht verkneifen, verzichtete aber darauf, ihr zu widersprechen und den Streit, der in ein Handgemenge auszuarten drohte, noch weiter anzufachen. Sie folgte Judith kopfschüttelnd und mit einem Seufzen, mit dem sie ein wenig einer Mutter ähnelte, die gerade die vergeblichen Versuche eingestellt hatte, ihrem Erstklässler die Existenz des Weihnachtsmannes abzusprechen, hätte ich mir irgendeine mütterliche Geste an der rothaarigen Ärztin vorstellen können. Aber Frauen wie Ellen bekamen keine Kinder, Paarungsexperimente hin oder her, und daher machte ihr genervtes Seufzen sie mir nur noch ein kleines bisschen unsympathischer, als sie es ohnehin schon war. Judith hatte Recht gehabt, als sie behauptet hatte, dass man einen schlechten Charakter auch nicht hinter einem teuren Designerkostüm verbergen konnte, und allen – nur natürlichen – männlichen Instinkten zum Trotz konnte ich an ihren schlanken, langen Beinen mittlerweile kaum noch etwas Erotisches entdecken. Und das, obgleich ich Männer, die von sich behaupteten, nicht auf das Äußere einer Frau zu achten, weil die inneren Werte ja so viel wichtiger wären, insgeheim immer für Dummschwätzer gehalten hatte; schließlich ging ich im Endeffekt doch mit dem Körper der entsprechenden Kandidatin ins Bett und nicht mit ihrem hochattraktiven Charakter.

Ich schloss mich den Frauen an und folgte ihnen nur widerwillig zurück in den Keller hinab, obwohl es mein eigener Vorschlag gewesen war, dorthin zu gehen. Dass das Licht sowohl im Turm als auch, wie ich schnell feststellte, im Treppenhaus funktionierte, ließ mich befürchten, dass auch das makabere Leichenschauhaus wenn nicht taghell erleuchtet, so doch zumindest von unheimlichem Notlicht erfüllt auf uns warten würde. Die Vorstellung, noch mehr grauenhafte Einzelheiten in dem kreisrunden Saal unter dem Turm mit dem Blick erfassen zu müssen, behagte mir ganz und gar nicht. In zusammenhangslosen Fetzen tanzten Erinnerungen aus meinem jüngsten Albtraum vor meinem inneren Auge herum, während ich den beiden Frauen mit zitternden Knien folgte, und meine Befürchtungen wurden erfüllt: Tatsächlich lag die Forschungssammlung in einwandfreier Beleuchtung vor uns, als wir die geschwungene Treppe hinter uns zurückgelegt hatten. Ich senkte den Kopf und bemühte mich, den Blick keine Sekunde von meinen Fußspitzen abzuwenden, während ich die Keramikbecken und Regale passierte. Auch Judith zog es vor, den Weg durch den Saal fast rennend und mit auf ihre Schuhe gerichtetem Blick zurückzulegen. Lediglich Ellen versuchte den Kopf in brennender, vermeintlich wissenschaftlicher Neugier scheinbar überall gleichzeitig hinzuwenden, wie ich mit deutlicher Verachtung, fast schon mit Ekel, aus den Augenwinkeln feststellte. Erst als wir den vorgelagerten Wachraum erreicht hatten und ich die stählerne Tür so hektisch hinter mir zugeschlagen hatte, dass sie einen Moment lang scheppernd in ihrem Rahmen vibrierte, hob ich wieder den Kopf. Wortlos trat ich an der Ärztin vorbei und ergriff Judiths Hand, um Seite an Seite mit ihr die nur wenige Schritte vom Wachraum entfernte Weggabelung anzusteuern. Dort bogen wir jedoch nicht in den Gang ein, durch den wir hierher gelangt waren, sondern gingen geradeaus weiter.

Der weiß gestrichene Flur, den wir passierten, erschien mir unendlich lang. Minuten, in denen niemand von uns etwas sagte und ich dem noch immer deutlich hörbaren Geräusch der schweren Dieselmotoren lauschte, die hinter der Forschungssammlung vor sich hin knatterten und von denen es in diesem Labyrinth noch einige weitere geben musste, schienen zu vergehen, ehe die erste Tür weit vor uns sichtbar wurde. Außerdem vernahm ich hinter den dicken Betonwänden ein dumpfes Summen, das mir verriet, dass es nebst der Notbeleuchtung, die im ganzen Keller brannte, und den wuchtigen Generatoren noch einige andere Elektrizität erzeugende oder verbrauchende Gerätschaften geben musste.

Wieder fragte ich mich, wo der Wirt wohl steckte, und verlangsamte unwillkürlich meine Schritte, während wir uns den nächsten an den Flur angrenzenden Räumlichkeiten näherten. Er konnte hier überall auf uns lauern und er konnte jederzeit, aus welchen Gründen auch immer (ich sollte mir abgewöhnen, in dieser unheimlichen Burg in irgendeiner Hinsicht nach einem Warum zu fragen, denn letztlich kamen ohnehin immer nur noch mehr Fragen dabei auf als brauchbare

Antworten), von Marias Achtunddreißiger Gebrauch machen und auf uns schießen. Ich zog Judith dichter an mich heran und legte meinen Arm um ihre Schultern, während wir weitergingen. Ich musste sie beschützen; vor allen Dingen aber bedurfte ich ihrer wärmenden Nähe. Seit wir die Treppe hinter uns gelassen hatten, hatte mich das zunächst nur vage und irrelevante, inzwischen aber permanente und wachsende Gefühl beschlichen, dass wir beobachtet wurden. Ich kam nicht umhin, mir Ellens Worte ins Gedächtnis zurückzurufen: Wir waren Ratten in einem Käfig. Versuchstiere. Mittel zum Zweck. Regenerationsfähig und wieder verwertbar, oder nur noch unökonomischer Ballast?

Vielleicht, versuchte ich mich selbst zu beruhigen, war es genau umgekehrt, und nicht das beklemmende Gefühl des Beobachtetwerdens rief diese Gedanken in mir hervor, sondern die Gedanken das Gefühl. Ellen sollte auf der Stelle tot umfallen für die zusätzlichen wahnsinnigen Gedanken, die ihretwegen in meinem Kopf tobten! Sie hatte Recht: Irgendeine fremde Macht hatte uns auf die hölzernen Stühle im so genannten Schallraum gesetzt, die Köpfe stellenweise rasiert (wir sahen erbärmlich aus, selbst meine hübsche kleine Judith sah einfach nur noch bemitleidenswert aus mit ihrer entstellten Frisur) und uns an irgendwelche seltsamen Elektroden angeschlossen, aber das hieß noch lange nicht, dass man mit uns experimentierte! Möglicherweise irrte hier tatsächlich irgendein Wahnsinniger in den alten Kel-

nichts, aber auch gar nichts mit dem Alter dieser Exponate zu tun haben. Bestimmt nicht. Aber eine leise Stimme in meinem Inneren, die völlig entnervt klang über die Sturheit, mit der ich das viel Wahrscheinlichere zu verdrängen suchte, sagte mir, dass dem nicht so war. Dieser Raum hier wurde eindeutig noch genutzt. Und ein beachtlicher Teil der hier ausgestellten menschlichen Gehirne stammte mit Sicherheit nicht aus dem Dritten Reich, sondern aus der heutigen Zeit, aus dem aktuellen Jahrzehnt. Vielleicht sogar aus diesem Monat?

Ich versuchte, diesen Gedanken nicht weiter zu verfolgen. Das Bewusstsein darüber, dass hier mehr als hundert Gehirne in Glaszylindern aufbewahrt wurden und demnach wohl ebenso viele Menschen für irgendein wahnwitziges Forschungsexperiment ermordet worden waren, war schon für sich allein genommen kaum zu ertragen. Ich musste mir nicht noch vorstellen, dass dieses fragwürdige Forschungsprojekt möglicherweise auch über sechzig Jahre nach dem Zusammenbruch des Dritten Reiches noch fortgesetzt wurde. Wenn ich mir das vorstellte, würde ich mir sicher noch den Rest geben und wahrscheinlich schreiend aus dem Raum stürzen und verzweifelt versuchen, über die meterhohen, steilen Mauern der Burg zu klettern, mir dabei den Hals brechen und von den Irren, die anscheinend noch immer hier verkehrten, im Hof aufgelesen, zerteilt und ebenfalls hier unten ausgestellt werden, nachdem sie mir das Gehirn aus dem Schädel gesäbelt und eine pinkfarbene chemische Substanz in die Augen gejagt hatten, weil arisch vielleicht gerade out und richtig bunt derzeit gerade hipp war und –

Stopp! Bleib auf dem Teppich, Frank, rief ich mich selbst zur Räson, schloss für einen kurzen Augenblick die Augen und bemühte mich angestrengt, an irgendetwas anderes zu denken, an etwas, das nichts mit diesem grauenhaften Labyrinth und den zuvor schon in der Burg erlittenen Schrecken zu tun hatte. An mein Zuhause in den Vereinigten Staaten, an mein spartanisch, aber gemütlich eingerichtetes Wohn- und Schlafzimmer mit der hochleistungsfähigen HiFi-Anlage, deren Surround-Boxen an den Wänden ringsum angebracht waren, ähnlich denen im so genannten Schallraum … Nein, vielleicht doch lieber an Judith, an die unbeschreiblich intensiven Zärtlichkeiten, die wir miteinander ausgetauscht hatten und wie auf einmal miteinander verschmolzen war, was immer zusammengehört hatte, ohne dass einer von uns es geahnt hatte. An ihre warme, samtweiche Haut und ihre zärtlichen Finger, mit denen sie sich an mich und den Waschtisch des Duschraumes geklammert hatte, ehe Carl mich kurz darauf in einem Anfall von Rachlust und Neid über mein Glück niedergeschlagen und Maria sich auf den Zinnen des Turmes erschossen hatte …

Es klappte nicht. Ich gab auf, öffnete die Augen wieder und stellte fest, dass Ellen, wie es nicht anders zu erwarten gewesen war, damit begonnen hatte, voll brennendem Interesse jeden einzelnen Zylinder in den kleinlich polierten Glasvitrinen zu begutachten. Judith folgte ihrem Tun mit sichtlichem Unbehagen im Blick und tänzelte dabei nervös auf der Stelle, als müsste sie dringend zur Toilette; vielleicht war es ja auch so. In den Schrecken dieser Nacht waren schließlich einige nur allzu menschliche Bedürfnisse deutlich zu kurz gekommen. Ich nahm sie in den Arm.

»Wisst ihr, was allen Präparaten hier gemein ist?«, fragte Ellen schließlich, ohne eine Antwort zu erwarten. »Es befindet sich ein Tumor im Gehirn. In allen. Seht ihr?« Sie trat an unsere Seite und deutete auf einen der Zylinder. »Meistens kann man die Tumorbildung im Bereich des *Lobus frontalis* erkennen. Des Stirnlappens im Großhirn«, fügte sie in einem Tonfall hinzu, der uns wissen ließ, dass sie uns für ungebildetes, primitives Pack hielt, dem man selbst die einfachsten Dinge noch erklären musste, wobei sie sich in der Rolle der Lehrmeisterin aber insgeheim rundum wohl fühlte. Dann aber trat ein durch und durch ernster, auf einmal gar nicht mehr überheblicher, sondern zutiefst erschrockener Ausdruck in ihr Gesicht. »Diese Tumore liegen direkt hinter der Stirn«, sagte sie leise, und auf einmal schien sie um ihr Gleichgewicht ringen zu müssen. Jedenfalls stützte sie sich mit beiden Armen an dem gläsernen Schaukasten ab und senkte den Kopf mit geschlossenen Augen einen Moment lang auf die Brust, um langsam und bewusst tief ein- und auszuatmen. Die Ärztin zitterte.

Es dauerte einen Augenblick lang, ehe ich begriff, worauf die Medizinerin mit ihren Worten abgezielt und was sie so sehr erschreckt hatte, doch dann spürte auch ich, wie meine Knie einen Streik anzutreten und nachzugeben drohten, und auf einmal keimte der Schmerz, der ein wenig nachgelassen hatte, nachdem wir den düsteren Turm verlassen hatten, zu neuer Gewalt auf.

»Du meinst, sie sind verantwortlich für Kopfschmerzen«, stellte ich leise fest.

Zwei, drei Atemzüge ließ Ellen schweigend verstreichen, ehe sie sich wieder aufrichtete und die Augen öffnete, um zwar in meine Richtung, dennoch aber nicht mich anzublicken, sondern mit ernstem, abwesend wirkendem Blick durch mich hindurchzusehen und mit rauer Stimme zu antworten. »Ab einer bestimmten Größe mit Sicherheit«, sagte sie. Ich konnte die Trockenheit, die sich plötzlich in ihrem Hals ausgebreitet hatte, regelrecht hören.

»Und ... wofür genau ist es verantwortlich, das Großhirn?«, hakte ich nach.

»Das menschliche Gehirn gibt der Wissenschaft noch immer viele Rätsel auf«, antwortete die Ärztin ausweichend und wandte sich von mir ab, um ihren leeren Blick wieder auf die in Formalin eingelegten, einem Laien wie mir allesamt gleich erscheinenden Präparate zu richten. »Der Stirnlappen der Großhirnrinde steht aber in enger Beziehung zur Persönlichkeitsstruktur des Individuums. Ganz allgemein kann man behaupten, dass das Großhirn der Sitz von Bewusstsein, Intelligenz, Wille, Gedächtnis und Lernfähigkeit

mich von ihm mit ein paar nicht rezeptfreien Medikamenten gegen heftige Migräne ruhig stellen zu lassen, so oft hatte man mich mit geübtem Mitgefühl im Blick und dem Hinweis, mich ein bisschen hinzulegen und im Dunkeln abzuwarten, dass die Pillen und Tropfen wirkten, wieder nach Hause geschickt, nie war jemand auch nur auf die Idee gekommen, meinen Schädel zu durchleuchten und nach etwas abzusuchen, das, folgte man Ellens Andeutungen, bereits seit langer Zeit hinter meiner Stirn nistete und sich immer weiter ausbreitete, sodass der Druck gegen meine Schädelplatte diesen grausamen Schmerz auslöste, den ich immerfort als Migräne abgetan und der in dieser Nacht bisher ungekannte Höhepunkte erreicht hatte.

Ich musste an den jungen Anwalt Flemming denken, dessen Kopf ich einen Augenblick lang geglaubt hatte explodieren zu sehen – ich konnte den winzigen Knochensplitter noch immer juckend in meinem Handrücken stecken spüren, wenn ich mich darauf konzentrierte. Vermochte eine Hand voll entarteten Gewebes den Verstand eines Menschen tatsächlich derart zu beeinträchtigen, dass er sich solchen Horrorvisionen ausgeliefert sah? Was war mit meinem Willen, der in dieser Nacht viel schwächer gewesen war als die wackeligen Beine, die mich Wege entlangtrugen, die ich nicht gehen wollte. Und diese befremdliche Persönlichkeit, zu der ich mich so oft gewandelt hatte – war der brutale Sklaventreiber, der den Wirt in der kleinen Küche auf widerlichste

Art und Weise gefoltert hatte, Teil eines hässlichen, gräulichen Klumpens, der auf meinen Charakter drückte? War er es, der Judiths Verletzlichkeit und Schwäche genossen hatte, die einen Moment lang bewirkt hatte, dass ich mich wie ein richtiger Mann, ein ganzer Kerl, ein egoistischer, oberflächlicher Macho gefühlt hatte? Wie lange würde der Tumor noch wuchern, ehe er mich dahinraffte, und wie sehr würde ich mich hassen für das, was aus mir geworden war, wenn ich endlich starb?

Panische Angst drohte mich zu übermannen. Wenn, wann, ob, wie lange – ich durfte solche Fragen nicht an mich herankommen lassen. Wenn ich diese Burg bei lebendigem Leibe und mit einem Rest von Verstand verlassen wollte, musste ich aufhören, über solche Dinge nachzudenken. Ich sollte konsequent nichts mehr von dem, womit Ellen uns in den Irrsinn zu treiben versuchte, an mich heranlassen und nicht einmal mehr ansatzweise über ihre verrückten Thesen nachgrübeln. Zuerst ihre Paarungstheorie, ihre Vergleiche mit den Laborratten und der Unsinn, den sie über die Messdaten geredet hatte, die irgendjemand während unserer Bewusstlosigkeit über irgendwelche klebrigen Elektroden aus unseren Körpern gesogen hatte. Und nun sollten wir alle hirnkrank sein? Die Einzige, deren Hirn deutliche Beeinträchtigungen aufwies, war sie selbst, zum Teufel noch mal! Am liebsten hätte ich ihr ihre verdammte Zunge aus dem Hals gerissen und sie damit stranguliert.

»Nur weil hier ein paar Präparate mit Hirntumoren ausgestellt sind, heißt das noch lange nicht, dass wir auch unter so etwas leiden«, wiegelte Judith in diesem Moment ab, aber auch sie wirkte blass und klang alles andere als überzeugt von dem, was sie sagte. Dennoch war ich ihr dankbar für ihren vernünftig klingenden Einwand. »Und dass man Kopfschmerzen bekommt, wenn sämtliche Lautsprecher im Turm gleichzeitig in Betrieb genommen werden, ist auch nur selbstverständlich«, setzte sie hinzu, als Ellen sie mit einem viel sagenden Blick bedachte.

»Findest du?« Die Chirurgin schüttelte entschieden den Kopf. »Carl war von diesen Schmerzen aber ganz offensichtlich nicht betroffen. Er hätte ebenso zusammenbrechen müssen wie wir.«

»Der ist vielleicht längst halb taub, weil er seine gesamte Jugend in der Crailsfeldener Dorfdisko verbracht hat«, entgegnete Judith spöttisch. »Mit dem einen oder anderen Joint und anderen stimmungsfördernden Drogen.«

Ihre Argumente waren simpel, aber sie klangen durchaus plausibel; zumindest, wenn man es sich so sehr wünschte, wie ich in diesem Augenblick. Langsam erlangte ich die Kontrolle über Körper und Geist zurück, konnte aber trotzdem dem Drang, noch einmal an die Vitrinen heranzutreten und einen letzten Blick in die ausgestellten Glaszylinder zu werfen, nicht widerstehen. Nicht alle der Geschwüre, die die Ärztin als Hirntumore identifiziert hatte, waren von gräulichem Farbton. Einige von ihnen hatte man mit einem unnatürlich wirkenden Rotton eingefärbt, sodass sie sich nur zu deutlich von der grau-weißen Hirnmasse abhoben. Manche davon waren von so erschreckender Größe, dass ich mich fragte, ob sie die Schädelplatten, gegen die sie gedrückt haben mussten, vielleicht sogar gesprengt hatten, sodass die Köpfe, in denen sie herangewachsen waren, in Milliarden kleiner Teilchen zersprungen waren, wie ich es bei dem Rechtsanwalt in Carls Kneipe scheinbar beobachtet hatte. Ich stellte mir vor, wie es wohl in meinem Kopf aussah, schalt mich aber in der nächsten Sekunde, dass es dort nicht anders aussehen konnte als im Schädel jedes anderen ganz gewöhnlichen Migräneopfers. Wir waren überfordert, und Carl war hörgeschädigt. So war es. So und nicht anders!

»Wir könnten uns im Aktenlager umsehen«, schlug Ellen schulterzuckend vor. »Vielleicht gibt es dort noch weitere Unterlagen zu diesen Hirntumoren und dem verrückten Projekt, an dem hier geforscht wurde.«

»Ellen, verdammt!«, fuhr ich die Ärztin zornig an. »Was soll das? Suchst du ein paar weitere Indizien, mit denen du deine bescheuerten Theorien untermauern kannst, wenn du uns nur einen weiteren Schwall Fachgelaber um die Ohren schlägst, gegen das wir nicht argumentieren können? Was hast du vor? Willst du uns in den Wahnsinn treiben oder bereitet es dir einfach ein diebisches Vergnügen, uns ein bisschen mit deinen kranken Thesen zu quälen? Ich will nichts mehr davon hören, okay!«

»Weil du die Wahrheit so schlecht erträgst?«, gab Ellen kühl zurück, zog einen kleinen Notizblock und einen Bleistift aus einem offenen Fach unter der gekachelten Tischplatte hervor, das mir noch gar nicht aufgefallen war, und begann einige der Zahlenkolonnen von den Aufklebern auf den Zylindern in den Notizblock zu übertragen. Dann steuerte sie auf die schmale, rechts angrenzende Tür mit der Aufschrift Aktenlager zu und öffnete sie. Zwischen Tür und Rahmen blieb sie noch einmal stehen und blickte über die Schultern hinweg zu Judith und mir zurück. »Wenn ihr euch hier gerade so wohl fühlt, dann wartet hier auf mich«, sagte sie knapp. »Es könnte übrigens ein Weilchen dauern«, fügte sie mit einem bedeutungsvollen Blick in den Raum hinter der Tür hinzu. Dann verschwand sie darin, ohne eine Antwort abzuwarten.

»Nicht die Wahrheit kann ich nicht ertragen, sondern dich, Ellen! Du kotzt mich an!«, schrie ich ihr zornig nach, wobei ich das Mikroskop mit einer aggressiven Geste von der Tischplatte fegte. Die elastische Halterung gab nach und ließ das Gerät mehrfach laut scheppernd gegen den Labortisch schlagen, ehe sie das Gerät wieder auf die Platte hinaufzog, wo es völlig verbogen und mit zersplitterter Linse zum Liegen kam.

Judith trat auf mich zu, legte mir mit einer beschwichtigenden Bewegung eine Hand auf die Schulter und strich mir mit der anderen durch meine völlig verhunzte Frisur. »Reg dich nicht so auf«, flüsterte sie in beruhigendem Tonfall und küsste mir mit einem verkrampften Lächeln eine Träne von der Wange.

Ich hatte nicht gemerkt, dass ich vor Zorn und Verzweiflung einen kurzen Moment geweint hatte, und schämte mich jetzt, da es mir auffiel. »Tut mir Leid«, flüsterte ich beherrscht und wandte verlegen den Blick ab, aber Judith griff nach meinem Kinn und zog es mit sanfter Gewalt wieder in ihre Richtung.

»Du musst dich nicht schämen.« Sie schüttelte verständnisvoll den Kopf. »Wir sind alle völlig fertig mit den Nerven. Auch Ellen. Und außerdem«, fügte sie mit einem nun sehr aufrichtigen Lächeln in den Augen hinzu, während sie mir mit dem Handrücken die letzten Tränen von den Wangen wischte, »mag ich Männer, die auch mal weinen können. Wirklich«, bekräftigte sie ihre Worte, als ich zweifelnd eine Braue hob und die Stirn in Falten legte.

Ich schlang meine Arme um ihre Schultern, drückte sie an meine Brust und hielt sie für die Dauer einiger, plötzlich viel ruhigerer Atemzüge einfach nur fest. Auf einmal war ich Ellen sogar ein bisschen dankbar für ihre fachmännischen Erläuterungen, auf die ich mich in diesen Sekunden berufen konnte, als ich spürte, wie ich erneut Lust bekam, Judith dem Schrecken unserer Umgebung und der Schwäche meiner Nerven zum Trotz gleich hier und jetzt einfach auszuziehen und in sie einzudringen, auf der harten, kalten Tischplatte mit ihr zu verschmelzen und alles um mich herum einfach auf sich beruhen zu lassen und für ein

Aber die Tonnen von Papier, die den Raum ausfüllten, hatten jegliche Feuchtigkeit aus der Luft gefiltert, sodass sie unangenehm trocken war. Sie kratzte mir in der Kehle, juckte in der Nase und brannte in den Augen. Der Durst, der mich schon seit längerer Zeit quälte, erreichte ein Niveau, auf dem er schon fast körperliche Schmerzen bereitete, und die abgestandene, trockene Luft fachte das peinigende Feuer weiter an, das noch immer hinter meiner Stirn brannte. Unbehaglich blickte ich mich nach einem weiteren Durchgang um, nach dem Ausgang, nach dem meine Seele so sehr flehte und den ich wenigstens vage von hier aus erreichen wollte, als ich Ellen dazu überredet hatte, zur letzten Gabelung vor der Anatomiesammlung II zurückzukehren und in die entgegengesetzte Richtung von jener zu gehen, die Carl uns einzuschlagen gezwungen hatte. Aber ich suchte vergeblich. Wohin ich den Blick auch wandte, entdeckte ich nichts als Pappe, Papier und noch mehr Papier, gestapelt, aufgereiht und gehäuft auf stählernen Regalböden, die sich mit den Jahren unter ihrer Last leicht nach unten gewölbt hatten.

Dafür aber entdeckte ich etwas anderes, was mir entgangen war, als ich das Lager betreten hatte: Unweit des Eingangs gab es einen schlichten, aber stabil wirkenden, kleinen Schreibtisch, auf dem eine zusätzliche Lampe mit verstellbarem Teleskopfuß stand. In ihr brannte eine winzige, aber sehr helle Glühbirne. Daneben stand ein mindestens ebenso modern wirkender Flachbildschirm, welcher zu einem kaum schminkkoffergroßen PC gehörte, der zu Ellens Füßen, die bereits auf dem verchromten Bürostuhl vor dem Tisch Platz genommen hatte, auf dem Boden stand. Sie hatte den mit Sicherheit sündhaft teuren und enorm leistungsfähigen Rechner bereits hochgefahren und begann in diesen Sekunden abwechselnd auf der schnurlosen Tastatur vor dem Monitor herumzutippen und nervös den kleinen Pfeil der ebenfalls schnurlosen Maus über den Desktop huschen zu lassen.

Ungläubig trat ich an die Seite Judiths, die hinter der Ärztin Aufstellung genommen hatte und ihr konzentriert über die Schulter blickte. Wenn es noch eines Beweises bedurft hatte, mich endgültig davon zu überzeugen, dass diese Anlage hier noch immer genutzt wurde, dann stand er nun in Form eines kleinen Rechners vor mir, von dem ich für mich selbst noch nicht einmal zu träumen gewagt hätte. Gleich mehrere Festplatten sorgten für eine Speicherkapazität, die alle vier PCs, die ich in den vergangenen drei Jahren ruiniert hatte, gemeinsam nicht aufgebracht hätten. Die Auflösung des Farbfotos, das als Desktophintergrund verwendet worden war und Burg Crailsfelden bei strahlend blauem Himmel auf einem von saftigem Grün überwucherten Burgberg zeigte, war schlichtweg phänomenal – fast fühlte ich mich, als könnte ich die Burg als kleines Spielzeug aus dem wenige Zentimeter tiefen Flachbildschirm ziehen, wenn ich die Hand nach ihr ausstreckte. Es gab kein Diskettenlaufwerk, aber das war auch nicht nötig, denn dafür entdeckte ich zwei CD-Rom-

Laufwerke und gleich ein knappes halbes Dutzend Speicherkarten, außerdem mindestens einen drahtlosen Internetzugang. Dieses Gerät musste ein Traum für jeden Softwarepiraten sein.

Ellen überflog den Inhalt der Festplatten und öffnete schließlich zielsicher eine Verwaltungsdatei aus dem Archiv, auf das sie schnell gestoßen war. Mit nervösen Bewegungen gab sie einen der Zahlencodes in das Suchfenster ein, das sich ohne ihr Zutun gleich neben dem Hauptfenster öffnete, und auf letzterem blinkte ein mir fremder Name innerhalb einer langen Liste anderer auf. Gorpel, Hans-Peter. Dem Namen folgte die Zahl, die Ellen eingegeben hatte. Ich überflog die Liste, wobei mein Interesse eher der unglaublichen Auflösung des Rechners galt, als der Namensliste, auf der die Ärztin sich langsam vorwärts scrollte, und stutzte, als ich meinen Nachnamen überflogen zu haben glaubte.

»Halt«, forderte ich die Ärztin irritiert und erschrocken auf. »Geh noch einmal zurück, bitte. Nur ein kleines Stück.«

Ellen gehorchte, und ein bitterer Geschmack stieg in meinem Hals auf und legte sich auf meine Zunge, als ich feststellte, dass ich mich nicht geirrt hatte. Ich las den Namen gleich drei- oder viermal hintereinander, um mich zu vergewissern, dass ich mich nicht täuschte, aber mein Wunsch, mich geirrt zu haben, blieb ein vergeblicher: Da stand eindeutig mein Nachname: Gorresberg.

Gorresberg, Maria, um genau zu sein. Der Name meiner Mutter!

Erschrocken und fassungslos hielt ich unwillkürlich den Atem an. Was hatte der Name meiner Mutter im Archiv einer geheimen Forschungsstation, die seit dem Dritten Reich in einem Labyrinth unter einer Burg betrieben wurde, zu suchen? Und damit noch nicht genug: Gleich unter ihrem Namen erspähte ich auch den meines Vaters, Rolf Gorresberg. Außerdem die einer gewissen Elisabeth sowie eines Adolf Gorresberg – meine Großeltern!

Ich versuchte, den bitteren, harten Kloß herunterzuschlucken, zu welchem sich der üble Geschmack binnen weniger Sekunden in meinem Hals zusammengeballt hatte, doch bevor es mir gelang und ich irgendetwas sagen konnte, hatte Ellen, deren Gesicht auf einmal wie versteinert wirkte, bereits den Namen Bergmann in das Suchfenster eingegeben, und er blinkte gleich vierfach an einer anderen Stelle der Liste auf, die sich weit über den Namen mit dem Anfangsbuchstaben G befand, sodass die Namen meiner Eltern und Großeltern aus dem Fenster auf dem Desktop verschwanden.

»Das … ist meine Oma«, flüsterte die Ärztin tonlos und klickte einen der aufblinkenden Namen an. Ein weiteres kleines Fenster öffnete sich, in dem sich Einträge über eine Frau mit dem Namen Susanne Bergmann fanden, der Frau, die Ellen ihre Großmutter genannt hatte. Einträge, die mit einer Schreibmaschine auf vergilbtem Papier festgehalten und schließlich in den Computer eingescannt worden waren. Die letzten davon lauteten:

Burg Crailsfelden, den 17. 09. 1958
Patientin Susanne Bergmann
Mussten die tägliche Opiumgabe erneut erhöhen. Die Patientin befindet sich überwiegend in lethargischem Zustand, unterbrochen von Schmerzattacken, die auch durch Opiumgabe nicht mehr gedämpft werden können. Verstörend sind die Gewaltausbrüche der Patientin, die völlig vom Verhalten der übrigen Patienten abweichen. Professor Sänger hat empfohlen, den Versuch abzubrechen.
Gez. von Bredo.

Und weiterhin:

Burg Crailsfelden, den 22. 09. 1958
Patientin Susanne Bergmann
Präparat XXXVII/22091958
Die Obduktion ergab wie erwartet eine ausgeprägte Tumorbildung im Bereich des Lobus frontalis. *Abweichend von anderen Fällen konnte neben dem Primärtumor eine Metastasenbildung in angrenzenden Hirnbereichen festgestellt werden. Möglicherweise liegt hierin die Ursache für das aggressive Verhalten der Patientin in den letzten Monaten begründet.*
Gez. von Bredo

»Das ... das kann überhaupt nicht sein«, flüsterte Ellen fassungslos, während sie die Zeilen auf dem Flachbildschirm wieder und wieder las. »Ich habe sie nicht gekannt, weil sie so jung verstorben sind, aber … aber ich weiß, wo sie begraben liegen!« Ihre Stimme nahm einen fast verzweifelten Klang an. Ich konnte mit ihr mitfühlen, und das viel besser, als mir hätte lieb sein können. Ellen klickte das kleine Fenster mit einem fast angeekelten Druck auf die Maustaste weg und fuhr mit dem Zeiger auf den Namen ihrer Mutter, der sich ebenfalls in der Liste befand, verzichtete aber darauf, das Fenster mit wahrscheinlich ähnlichen schrecklichen Details über ihren Gesundheitszustand und ihre Obduktion zu öffnen, das wohl erschienen wäre, hätte sie ihren Namen angeklickt. »Und meine Mutter ist an Brustkrebs verstorben. Mein Vater hat Selbstmord begangen, als ich noch klein war, weil er über ihren Tod nicht hinweggekommen ist. Angeblich.« Sie schüttelte hilflos den Kopf. »Ich … verdammt, was soll ich glauben?«, fragte sie schließlich und sah mich dabei direkt an, als ob ausgerechnet ich ihr die Antwort auf diese Frage geben könnte.

Ich erkannte einen feuchten Schimmer in ihren Augen, der mir verriet, dass sie mit den Tränen kämpfte. Ich betete, dass sie diesen Kampf gewann. Ich hatte sie schon einmal weinen sehen, und ich konnte mich nur zu gut daran erinnern, wie weh es mir getan hatte, so wenig ich sie auch mochte. Ihre Tränen waren selten, aber sie waren ehrlich. Judith war mein Ruhepol, der auch jetzt von der Verzweiflung, die Ellen und mich zu übermannen drohte, verschont blieb. Sie verhielt sich zurückhaltend und distanziert zu den schockierenden Informationen, die auf dem spiegelfreien Monitor aufflackerten, als könnte sie die Wahrscheinlichkeit, auch die Namen ihrer nächsten Verwandten in dieser Datei zu finden, allein dadurch auf ein irrelevantes Maß senken, indem sie das alles hier einfach nicht an sich herankommen ließ. Sie weigerte sich stur, auch nur den Ansatz der Vorstellung, dass sie wie Ellen und ich zeit ihres Lebens belogen worden war, zuzulassen. So sehr die Ärztin mir auch als Persönlichkeit zuwider war, war sie diejenige, die eine Kraft und die Stärke verströmte, auf die wir alle so dringend angewiesen waren; sie war diejenige, die mich immer wieder dazu verdonnerte, meinen Mann zu stehen und nicht als jammerndes Häufchen Elend in mich zusammenzusacken, wenn es der Beschützerinstinkt, den Judiths Gegenwart in mir wachrief, gerade einmal nicht mehr schaffte. Sie war diejenige, vor der ich am wenigsten bereit war, mir irgendeine Blöße zu geben, weil sie so unglaublich stark und selbstsicher zu wirken versuchte. Der Spott, der so oft in ihren Augen aufblitzte, verärgerte und beschämte mich, sodass ich immerfort in eine Defensive gedrängt wurde, die mich daran hinderte, mich zu sehr auf mein eigenes Leid einzulassen. Ihre Tränen würden mich mitreißen und zusammenbrechen lassen. Ich wollte nicht, dass sie weinte.

»Nichts«, antwortete ich leise und schüttelte hilflos den Kopf. »Ich kann es auch nicht mehr glauben.«

Ellen biss sich auf die Unterlippe und maß mich mit einem fragenden Blick.

»Ich war vierzehn, als meine Eltern bei einem Autounfall ums Leben gekommen sind«, erklärte ich und deutete mit einer Kopfbewegung auf den Monitor. »Das hat man mir damals erzählt. Und nun finde ich ihre Namen in dieser Kartei des Schreckens, genau wie du. Ich habe meine ganze Jugend in der Obhut eines Großonkels verbracht, den ich so gut wie nie zu Gesicht bekommen habe, weil er es vorgezogen hat, mich von einem Internat zum nächsten weiterzureichen, weißt du. Und die Gräber meiner Eltern ...« Ich schluckte. »Sie befinden sich auf demselben Friedhof wie die meiner Großeltern. Gleich neben den ihren sogar.«

Ellen wandte sich wieder dem Flachbildschirm zu und fuhr die Liste der Namen aus dem Archiv mit dem kleinen, nervös blinkenden Pfeil der Maus herauf und wieder herab, klickte die Namen ihrer und meiner Eltern an und fand auch jene von Judiths Eltern, die sie ebenfalls anklickte, um die dazugehörigen Einträge kurz mit verschleiertem Blick und ausdruckslosem Gesicht zu überfliegen.

»Unsere sämtlichen Eltern und Großeltern sind in der Forschungssammlung I ausgestellt«, flüsterte sie schließlich bitter. »Zumindest ihre Gehirne. Sie alle hatten Tumore im Stirnlappen.«

»Ich wusste schon immer, dass ihr alle nicht ganz dicht seid.«

Ellen, Judith und ich fuhren geradezu synchron zueinander erschrocken auf und wandten uns in die Richtung, aus der die höhnischen Worte erklungen waren. Im Türrahmen zwischen Aktenlager und Forschungssammlung war Carl erschienen, der die Pistole entsichert im Anschlag hielt. In seinen Augen lag ein irres Funkeln. Judith und ich tauschten einen angespannten, nervösen Blick. Niemand von uns hatte gehört, wie der Wirt sich uns genähert hatte; er musste auf Zehenspitzen durch die Halle geschlichen sein.

»Ihr habt das Gold genommen und davon dieses Frankensteinlabor hier unter der Burg eingerichtet.« Der übergewichtige Althippie trat einen drohenden Schritt auf uns zu und fuchtelte zornig mit der Waffe in unsere Richtung. »Mein Gold habt ihr euch genommen!«

»Du irrst dich.« Judith bemühte sich um einen beschwichtigenden Tonfall und trat dem Wirt einen mutigen Schritt entgegen, obgleich ihr die Angst nur zu deutlich ins Gesicht geschrieben stand. Ich streckte erschrocken die Hand nach ihrem Unterarm aus, um sie zurückzuhalten. Carl mochte Recht haben, wenn er sagte, dass wir alle, jeder auf seine ganz spezifische Weise, in diesen Stunden und an diesem schrecklichen Ort nicht mehr ganz dicht waren – aber er hatte ganz eindeutig auch selbst das letzte Fitzelchen von Verstand eingebüßt, was sich nicht nur unschwer aus seinen Worten, sondern auch und viel eindeutiger noch aus dem irrsinnigen, hasserfüllten Funkeln schließen ließ, das seine wässrigen, von zu viel Alkohol in zu vielen Jahren leicht gelblichen Augen erfüllte. Er war wahnsinnig und er hielt eine schussbereite Achtunddreißiger in der Hand.

In diesen Sekunden war er vielleicht gefährlicher für uns als die Irren, die dieses grauenhafte Labor hier unter der Erde betrieben. Ich wollte nicht, dass Judith sich in Gefahr brachte, aber als meine Finger sich erschrocken um ihr Handgelenk klammerten, schüttelte sie sie entschieden ab und trat einen weiteren Schritt auf den Wirt zu. »Es hat hier niemals Gold gegeben. Hier in der Burg ist immer nur geforscht worden«, redete sie in bemüht ruhigem Tonfall auf ihr vor Hass und Wut tobendes Gegenüber ein.

»Und die ganzen teuren Geräte?«, fuhr Carl sie mit einem wütenden Schnauben an und schüttelte verächtlich den Kopf. »Ich lasse mich von euch nicht weiter verscheißern!«, brüllte er, und das Zornrot, das seine Wangen, seine Stirn und seinen Nasenrücken überzogen hatte, wurde noch dunkler und kräftiger, sodass es an Violett grenzte. Eine der Adern auf seiner Nasenwurzel trat deutlich sichtbar hervor, kleine Schweißperlen sammelten sich auf seinen Schläfen und neben seinen Nasenflügeln. Für einen Augenblick schien es, als würde sein Herz sämtliches Blut, das er im Körper hatte, in seinen Kopf pumpen, sodass er zu zerplatzen drohte. Noch nie zuvor hatte ich einen erwachsenen Menschen in derart unbeherrschter Rage gesehen; Carl sah aus wie ein Neugeborenes, das seit Stunden vor Hunger und Angst nach seiner Mutter gebrüllt hatte. »Ich weiß doch, was ich sehe! Das alles muss Millionen und noch mehr Millionen gekostet haben! Und es wurde bezahlt von meinem Schatz, der meiner

Familie zugestanden hätte!«, schrie der Wirt und seine Finger krampften sich so fest um Griff und Abzug der Luger, dass ich die Luft anhielt, weil ich befürchtete, er könnte aus reiner Anspannung heraus unkontrolliert abdrücken und einen von uns, auf die er abwechselnd mit dem Lauf der Pistole deutete, treffen. »Aber ihr werdet auch nichts mehr davon haben!«, schloss Carl und richtete die Pistole mit irrsinniger Entschlossenheit direkt auf Judiths Gesicht.

Ich zweifelte nicht daran, dass er sie töten würde. Ich würde es nicht zulassen, für nichts auf der Welt würde ich in Kauf nehmen, dass ihr etwas geschah, dass sie starb, nicht einmal um den Preis meines eigenen Lebens. Mit einem entsetzten Aufschrei sprang ich vor, schlug Judith in dieser Bewegung mit einem kräftigen Hieb meines Unterarmes beiseite und warf mich geradewegs auf den Wirt, um ihn zu entwaffnen.

Ich erreichte ihn nicht. Ein lauter Knall ertönte, und schon als die Kugel meine Schulter traf und die Wucht des Schusses meinen Sprung bremste und mich rückwärts gegen eines der prall gefüllten, stählernen Regale schleuderte, hörte ich den Knall gedämpft wie aus einer Parallelwelt, in die ich bereits in diesem Sekundenbruchteil nicht mehr gehörte. Carls Antlitz verschwamm vor meinen Augen. Wie durch einen Watteschleier hindurch nahm ich wahr, wie Ellen und Judith sich gleichzeitig auf mich stürzten und nach meiner Schulter, meinem Gesicht, meinem Kopf zu greifen begannen. Ich sah, wie Carl die Waffe langsam sinken ließ und wie mehrere, weiße Laborkittel tragende, hoch gewachsene Gestalten im Türrahmen hinter dem Wirt erschienen. Ich empfand keine Furcht, nicht einmal Irritation über das Erscheinen der Fremden. Blut spritzte in einem dünnen, wie von einer laufenden Pumpe angetriebenen Strahl in mein getrübtes Blickfeld, schoss rhythmisch im Intervall meines Pulsschlages in die Höhe wie dickflüssige, glühende Lava, die als böse Vorankündigung der Explosion, mit der der Vulkan endgültig ausbrechen würde, aus dem Krater an der Spitze des Berges spritzte. Ich spürte keinen Schmerz. Ich spürte überhaupt nichts mehr, was zu meinem Körper gehörte. Starb ich?

»Es muss eine der Schlagadern verletzt sein«, hörte ich eine mir fremde Stimme, gedämpft von der herannahenden Bewusstlosigkeit, zu mir hindurchdringen.

»Wir müssen die Blutung stillen.« Ich erkannte Ellen nur noch an ihrem feuerroten Haar, dessen Spitzen über mein Gesicht streiften, als sie sich quer über meine Brust beugte und irgendwo in der Nähe meines Kopfes, an meiner Schulter, wie ich glaubte, herumzuhantieren begann.

Kälte war das Erste, was ich wieder fühlte, nachdem ich zu Boden gegangen war. Kälte, die an meinen Zehenspitzen einsetzte und sich in Windeseile kribbelnd durch meine Beine, meinen Unterleib, mein Gesicht und meine Arme ausbreitete, bis sie meine Fingerspitzen erreicht hatte und jeden Muskel meines Körpers zu Eis gefrieren ließ. Aber es war kein unangenehmes, nicht einmal ein beängstigendes Gefühl, denn es brachte die unendlich beruhigende Gewissheit mit sich, dass bald alles vorbei war. Angenehme Müdigkeit legte sich wie ein samtener Schleier über mein Bewusstsein. Meine Augen fielen zu.

ENDE
des fünften Teils

»Ein Bestseller-Phänomen!«
New York Times

Ein geheimnisvoller Schädelfund in den Sümpfen Louisianas soll untersucht werden. Nur eine forensische Schädelrekonstrukteurin kommt dafür in Frage: Eve Duncan. Schweren Herzens nimmt sie den Auftrag an, doch schon bald sieht sie sich hineingezogen in eine verbrecherische Intrige von globalem Ausmaß. Wer will die Identifizierung des Toten mit allen Mitteln verhindern? Und warum trachtet man auch Eve Duncan nach dem Leben?

»Ein unglaublicher Plot, schnelle Dialoge und filmreife Szenenwechsel – ein Thriller der Extraklasse.«
Publishers Weekly

Iris Johansen
Knochenfunde
Roman

ULLSTEIN TASCHENBUCH

UB191